GTB
Gütersloher Taschenbücher
1278

Die Personen und die Handlung dieses Romans sind frei erfunden. Etwaige Ähnlichkeiten mit tatsächlich existierenden Menschen oder Ereignissen sind nicht beabsichtigt.

Ralph Ludwig,
geb. 1943, Dr. theol., Studentenpfarrer und Pfarrer in Heidelberg, seit 1983 Redakteur beim NDR, seit 1999 Lehrauftrag an der Universität Hamburg (Medien/Theologie). Zahlreiche Veröffentlichungen.

Morgen

Der Morgen kam viel zu früh. Jakob richtete sich im Bett auf, durch das offene Fenster kroch der Morgendunst. Ihn fröstelte. Schweiß stand ihm auf der Stirn und das Bettzeug klebte am Körper. Irgendetwas hatte ihn geweckt. Er schüttelte sich, wischte sich mit dem Handrücken über den Mund, als könne er so den schalen Geschmack loswerden, der ihm auf der Zunge lag, seit er Heidelberg verlassen hatte. Verlassen? Wie eine Flucht war sein Aufbruch gewesen, ein paar Hemden und Unterhosen hatte er in den Koffer geworfen und war losgefahren. Drei Tage war das jetzt her.

Dabei hatte es keinen triftigen Grund für eine Flucht gegeben. Natürlich – das Gespräch mit seinem Vorgesetzten war unangenehm gewesen. Milde ausgedrückt. Aber Unannehmlichkeiten gehören zum Alltag. Erst recht zum Alltag eines Pfarrers.

»Sie werden sich noch umsehen!« Der Alte hatte ihn gar nicht angesehen, nicht als er ihm die Hand zum Gruß hinstreckte, auch während er mit ihm sprach, hatte er seinen Blick gemieden, die Augen auf eine bestimmte Stelle seines Revers geheftet, als sei dort etwas Besonderes zu sehen. Nicht einmal, als er ihm die Tür öffnete, hatte der Alte aufgeblickt. »Fahren Sie ein paar Tage weg, am besten noch heute!« – Stoffel, hatte Jakob gedacht und ärgerlich den Kopf geschüttelt.

Mitten aus einem Seelsorgegespräch hatte ihn seine Sekretärin herausgerufen. »Sie sollen zum Dekan kommen, bitte gleich!« – »Jaja, ist schon gut!« Was kann der schon wollen, hatte er gedacht, wieder die Statistik nicht richtig ausgefüllt oder sonst was.

Jetzt war er in Rom. Warum ausgerechnet Rom?

Er sah sich im Zimmer um. Ein einfacher Tisch, ein Stuhl, über den er gestern Abend die Kleider geworfen hatte. Ein kleines Nachtschränkchen, das Telefon darauf war stumm. Draußen sang eine Amsel dem ersten Streifen des Morgens entgegen. Ein paar Stimmen auf der Straße, aber nichts Ungewöhnliches. Jakob drehte sich müde zur Wand.

»Uns ist zu Ohren gekommen!« Nirgendwo laufen Gerüchte besser als in der Kirche, schoss es ihm durch den Kopf. »Wir nehmen die Menschen ernst, jeder Zweifel ist wichtig!« Wie er diese Heuchelei hasste. »Auch dann, wenn er unangenehm ist!« – »Unangenehm.« Eine lächerliche Bezeichnung für das, was wirklich vor sich gegangen war. Wortfetzen huschten durch seine Erinnerung: »Glaubwürdigkeit«, »unser Ruf«, »Ihre Arbeit als Seelsorger«. Phrasen, dachte Jakob, nichts als Phrasen. »Am besten Sie fahren erst mal weg. Sie haben doch noch Urlaub, oder?«

Und noch bevor er den Mund öffnen konnte, hatte der Dekan schon versichert: »Ihren Kollegen habe ich schon verständigt. Ihre Vertretung geht klar!«

Als er wenig später im Spiegel sein Gesicht erblickte, erschrak er. Dunkle Ringe um die Augen, über dem Rasierschaum scharf gezeichnet. Cora. Wie lange kannten sie sich jetzt? Drei Jahre. Bei einem Meditationswochenende hatten sie sich getroffen. Am Bodensee. Eine Freizeit für kirchliche Mitarbeiter und Ehrenamtliche. »Rüste«, wie das in der Ankündigung geheißen hatte. Von wegen gerüstet. Jakob grinste in sich hinein. Das bloße Lächeln von Cora hatte ihn entwaffnet. Dass sie verheiratet war, hatte er gewusst. Berger, ein Allerweltsname. Aber was heißt schon verheiratet? Vom Wissen zum Fühlen war ein weiter Weg, und gefühlt hatte er nichts von einer verheirateten Frau. Cora hatte ihn fixiert, ihre Augen hatten ihn geradezu aufgefordert, sich für sie zu interessieren. Warum auch nicht, hatte er erst gedacht, und war in ein Gefühlschaos geraten, das er nie zuvor kennen gelernt hatte. Liebe? Anfangs vielleicht nicht, nicht nach der ersten Nacht. Da war nur Leidenschaft. Aber dann?

Er hatte sie noch rasch angerufen, vom Flughafen, als die Maschine nach Rom schon bereitstand. Nicht einmal das Hotel hatte er ihr nennen können. »Ich erkläre dir alles später, ich rufe dich an«, hatte er gestammelt, unfähig, auch nur einen klaren Gedanken zu fassen, nur: »Ich muss weg, warte auf mich, es wird alles gut!« Was sollte er erklären, wenn er selbst nicht wusste, was ihm geschah?

Gar nichts war gut, und nichts würde gut werden. Nur das wurde ihm langsam klar.

Er trat ans Fenster. »Sie sollen ein Verhältnis haben!« Wie aus einer anderen Welt drängte sich die Stimme des Dekans an sein Ohr. Was verstehen Sie denn schon von Liebe, hätte er am liebsten entgegnet.

Wer dem Alten das bloß gesteckt hatte? Sie waren doch immer vorsichtig gewesen, hatten sich weit außerhalb Heidelbergs getroffen. Coras Mann? Aber der ahnte doch nichts. Eine von den Frauen in der Gemeinde vielleicht, oder eine Konfirmandin?

Er brauchte frische Luft. Als die Hoteltür hinter ihm ins Schloss fiel, begann er zu laufen, nach rechts, Richtung Parco del Circo Massimo, bog rechts ab, einen Kaffee in einer kleinen, lauten Bar, trotz der frühen Morgenstunde voller Zigarettenqualm. Aber der Kaffee tat gut, das laute Geplapper. Jakob verstand wenig, sein Italienisch war zu schwach.

Wieder draußen. Eine deutsche Reisegruppe schnatterte vorüber, er schloss sich an, ein paar Schritte Abstand, das fiel nicht auf. Lenke dich ab, anders wird dein Kopf nicht klar. Nur ein paar Meter zur Piazza Bocca da Verità. Pilger, dachte er gleich, typisch Kirchenprogramm, abbiegen nach links in die Santa Maria in Cosmedin.

Die Kirche interessierte ihn nicht besonders. Die meisten Pilger offenbar auch nicht sehr. Mehr schon die Bocca da Verità, ein großes steinernes Maul in einer Fratze, seitlich vom Kirchenportal. Ein hochgewachsener Mann, offenbar der Reiseleiter, erklärte das alte Gottesurteil in breitem Bayrisch. »Wer gelogen hat, bekommt die Hand nicht mehr heraus.« Fast alle Frauen probierten, kicherten dabei nervös, fotografierten sich gegenseitig.

Mitten im Kichern ein schrilles Kreischen von der Straße her, ein dumpfer Schlag. Jakob fuhr herum, konnte nichts sehen, ein gelber Bus versperrte die Sicht. Als der Blick frei war, sah er ein Motorrad am Boden liegen, gestikulierende Männer um einen am Boden liegenden Körper, sie versuchten den Helm zu lösen. Jakob trat auf die Straße, aber auch dort konnte er nicht mehr sehen. Auf einmal hörte er ein Knattern, sah in den Augenwinkeln einen kleinen Lieferwagen direkt auf sich zufahren. Gerade noch konnte er zur Seite springen, eine Hupe quäkte, aufgeregte Schreie. »Idiot«, murmelte Jakob, und plötzlich durchfuhr es ihn: Das Gesicht, du hast das Gesicht des Fahrers schon einmal gesehen!

Heidelberg? Rom? Seine Gedanken überstürzten sich. Sein Herz schlug so laut, dass er es hören konnte. Doch so sehr er sich auch mühte, das Gedächtnis blieb stumm. Ein flächiges Gesicht, genauso breiig wie seine Erinnerung daran.

Eine Notiz

»Centoventitre – 123.« Der graue Portier an der Rezeption langte hinter sich an den Schlüsselbord, ohne sich umzuwenden. »Signore Erdmann?« Jakob nickte, der Portier schob ein gefaltetes Papier über die Theke. »Una notizia per lei!«, murmelte er ohne aufzublicken.

Verwundert faltete Jakob den Zettel auseinander. Kein deutsches Karo, italienisch, vier Millimeter. Wer in Rom sollte ihm eine Nachricht zukommen lassen? Niemand konnte doch wissen, dass er sich hier aufhielt. Gut, in Rom vielleicht. Aber in welchem Hotel? »Herr Erdmann.« Er kannte die Handschrift nicht. Bleistift. Blockbuchstaben. »Ich erwarte Sie heute Abend um sieben im Tucàn, Via di Polveriera!« Jakob drehte den Zettel um. Aus einem Notizbuch gerissen. Kein Absender, keine Unterschrift, kein Hinweis. Er kannte niemanden in Rom. Wer sollte bloß interessiert sein, sich mit ihm zu treffen?

Er nahm die Treppe zum ersten Stock, aber auch auf dem Weg durch den langen, gewinkelten Gang zu seinem Zimmer fiel ihm kein Zusammenhang ein.

Er nahm sich den Stadtplan vor. Weit hatte er nicht zu gehen, über das Forum Romanum, am Colosseum vorbei, ein Stück den Aventin hoch, in der Nähe der Kirche San Pietro in Vincoli. Eine Bar, erinnerte er sich dunkel, als er die Straße in Gedanken hochging. Da standen ein paar Stühle auf dem Gehweg. Am Tag zuvor war er in der Kirche gewesen. Die Statue des Moses von Michelangelo hatte er sehen wollen. Seit Jahren schon, seit er im Studium auf die Beschreibung der Statue durch Freud gestoßen war. Der war, so erinnerte sich Jakob, drei Wochen lang fast jeden Tag zur Statue gegangen, auf unerklärliche Weise vom zornigen Blick des Mannes in Bann geschlagen, der mit den Zehn Geboten vom Sinai herunterkommend das Volk um das Goldene Kalb tanzen sieht. Der Vater der Psychoanalyse konnte nicht enträtseln, warum ihn der Blick des Moses so faszinierte. Ein leises Triumphgefühl hatte Jakob beschlichen, als er diesen Offenbarungseid des Analytikers las. Die Vernunft hat ihre Grenzen, Gott sei Dank. Vor allem in der Religion.

Neugierig war er gestern der Statue gegenübergetreten. Enttäuschung auf der ganzen Linie. Nichts hatte sich in ihm gerührt, stumpf hatte er vor ihr gestanden, leer hatte er sich gefühlt, war weder ergriffen noch gar begeistert. Enttäuscht war er gegangen. Wovon enttäuscht? Nicht einmal das konnte er genau sagen, vielleicht über sich selbst mehr als über den Moses, der sich ihm abwandte und trotzig auf die Säule neben ihm geglotzt hatte.

Auf dem Heimweg musste er eigentlich die Straße heruntergekommen sein, in der die Bar Tucàn lag, den Namen hatte er nicht entdeckt. Warum nicht noch einmal dorthin gehen, jetzt sofort, Lokaltermin, sehen, ob sich irgendetwas Greifbares findet. Vielleicht ein Hinweis, eine winzige Spur. Eine seltsame Unruhe packte ihn. Möglich, dass er auch nur erleichtert war, überhaupt etwas tun zu können. Vielleicht kam er so aus dieser Trägheit heraus.

◆

Die Bar war geschlossen. Wieso bin ich auch auf diese Idee gekommen? Jakob drehte sich ärgerlich auf dem Absatz um, da streifte eine Schulter seinen Arm, ein weiblich-dunkles Lachen, er stammelte irgendeine Entschuldigung, da war sie schon vorüber, ein zitroniger Hauch stieg ihm in die Nase. Jakob atmete tief ein, während er ihr nachsah: kastanienfarbenes Haar, schulterlang, geschmeidiger Gang wie der einer Katze. Trug sie Mokassins? Schöne Beine, der Körper gedrungen, ein kleiner Schwung der runden Hüfte, da war die Erscheinung schon verschwunden, um die Ecke gebogen. Als werde er gezogen, begann Jakob ihr nachzulaufen. Die enge Straße führte leicht aufwärts, ihr schwarzes Kleid war leicht auszumachen unter den Frühlingsfarben der anderen Fußgänger. Da drängte eine Gruppe lärmender Studenten auf die Gasse, er wich höflich zur Seite – und hatte die Frau aus den Augen verloren. Unschlüssig blieb er stehen. Wohin war sie verschwunden? Er sah sich auf dem kleinen, kahlen Platz um. Links niedrige Wohnhäuser, schmutziggrau bröckelte der Putz auf die groben Pflastersteine. Blassblau gestrichene Türen, geschlossene Fenster. Ob sie durch eine der Türen verschwunden war? Unten, am Ende des Platzes, ein großes Gebäude, eine Freitreppe führte zu einem grünen Portal, über dem eine Fahne wehte. Sah nach einer Verwaltung aus. Die andere Flanke des Platzes war mit grauen Plastikplanen verhängt, nur ein schmaler Ausgang. Da war er gestern heraufgekommen, die steile Treppe führte zur Via Cavour. Dort würde er sie im Gewühl sicher nicht finden. Zögernd stieg er die Stufen zur Kirche San Pietro in Vincoli hinauf, trat durchs Portal in das kühle Dunkel.

Unschlüssig machte er ein paar Schritte in Richtung Altar, noch hatten seine Augen sich nicht an das milchige Licht gewöhnt, da spürte er eine Berührung am Arm. »Hallo, Herr Erdmann?« Eine dunkle, leicht rauchige Frauenstimme, dieselbe Stimme wie das Lachen vorhin! Er drehte sich um und sah in die schwarzen Gläser einer Sonnenbrille.

Vertraulich

»Haben Sie ihn wirklich unter Kontrolle?«

Frank Berger lehnte sich über den breiten Schreibtisch von Bernhard Würthing. Noch ehe der Dekan antworten konnte, begann Berger wieder hin und her zu gehen, umrundete die sandfarbene Sitzgruppe, blieb unvermittelt hinter Würthing stehen.

»Ich bin kein Anfänger«, sagte der, ohne sich umzuwenden. »Sie machen mich ganz nervös. Wie ein Tiger im Käfig! Setzen Sie sich doch!«

Widerstrebend ließ Berger sich ins Polster fallen. »Also?«

»Ich habe eine zuverlässige Agentur auf seine Spur gesetzt.«

»Agentur?« Berger beugte sich vor. »Irgendein Detektivbüro? Amateure! Die sind doch nur aufs Geld aus. Rumhängen und Spesen machen. Dazu hätte ich Sie nicht gebraucht. Zu teuer. Zu unzuverlässig!«

Der Dekan schwieg. »Oder haben Sie etwa genaue Informationen darüber, was er wirklich weiß?« Und nach einer kleinen Pause mit erhobener Stimme: »Ob er wirklich gefährlich werden kann!«

»Gefährlich?« Würthing fuhr herum. »Gefährlich ist es nur für ihn, für uns nicht.«

»Sie unterschätzen ihn. Erdmann ist nicht dumm.«

»Aber wir haben ihn am Wickel. Die Sache mit Ihrer Frau kam doch wie bestellt. Darauf wird er festgenagelt. Und den Pfarrer möchte ich kennen lernen, den ein Verhältnis nicht mehr aus der Bahn wirft als irgendwelche andere Machenschaften. Mord vielleicht ausgenommen.« Würthings Mund verzog sich, als ob er sich über den Zynismus amüsierte. »Moral ist immer noch die stärkste Waffe der Kirche. Pack einen Pfarrer am Hosenlatz, und du triffst sein Gewissen. Packst du ihn am Glauben, fängt er an zu denken.«

»Sie machen sich die Sache zu einfach.« Berger ärgerte die stoische Ruhe des Dekans. »Cora ist keine Frau, die auf irgendeinen Typen fliegt, bloß weil er nett aussieht. Sie steht auf Charakter.« Und nach einer Pause: »Und Charakter hat der Kerl, das muss man ihm lassen.«

Der Dekan zog die Mundwinkel nach unten. »Charakter.« Er drehte sich ab, sein Blick wanderte aus dem Fenster seines Dienstzimmers in die blauen Höhen über Heidelberg. »Der Mann ist einfach jung. Spritzig, charmant, ehrgeizig. Das schleift sich mit der Zeit schon ab. Lassen Sie ihn erst mal da rauskommen, dann wird man sehen, dass es mit dem Charakter nicht weit her ist. Das Einzige, was ihn schafft, sind Schuldgefühle. Pack ihn da, und du hast ihn!«

»Vielleicht.« Berger schien einzulenken. »Trotzdem. Wir müssen wissen, wie viel er wirklich weiß.«

»Warten Sie ein paar Tage. Heute ist Freitag, rufen Sie mich am Mittwoch an, dann werden wir mehr wissen. Darf ich Sie zur Tür bringen?«

»Schon eine Nachricht?« Berger klang gereizt. Würthing ließ sich nicht beirren.

»Nachricht? Wo denken Sie hin! Das ist noch zu früh. Aber wir wissen, dass er in Rom ist und wo er wohnt. Entwischen kann er nicht.«

»Entwischen?« Berger sprang auf. »Darum geht es doch gar nicht, das wissen Sie genauso gut wie ich. Wir müssen erfahren, was er wirklich weiß!«

Ächzend schob Würthing sich aus dem Polster hoch, nahm Berger am Arm. »Vertrauen!« Und als er ihm unter der Tür die Hand hinhielt, noch einmal, fester: »Vertrauen, Berger!«

Im Tucàn

»Wer sind Sie?« Jakob griff nach ihrer Schulter. »Woher wissen Sie, wie ich heiße?« Die Kastanienfarbene schob die Sonnenbrille ins Haar. Grüne Augen, ein paar Fältchen in den Winkeln, beim Lächeln gruben sie sich ein wenig tiefer ein. Wie kleine Sonnenstrahlen, schoss es Jakob durch den Kopf, er hörte ein leises Lachen. »Temperament, alle Achtung!« Ihr Spott ernüchterte ihn augenblicklich. »Hat das nicht bis heute Abend Zeit, Herr Erdmann?«

»Dann haben Sie die Notiz ...?«

»Ich heiße Rachel«, lenkte die Frau ab. »Heute Abend um sieben? Sie kommen doch!« Eine leichte Drehung, Jakobs Hand, eben noch auf ihrem Arm, blieb in der Luft hängen. Ehe er reagieren konnte, war sie verschwunden.

Heute Abend? Sollte er überhaupt hingehen? Seine Augen wanderten über die verschlungenen Linien des Fußbodenmosaiks. Kein Anfang, kein Ende, nur Steinchen neben Steinchen. Endlos. Unbehagen stieg in ihm hoch. Aber wie sollte er erfahren, was hinter der Notiz steckte?

Der Strom der Besucher nahm ihn mit, nach vorn, Richtung Altar, aus den Augenwinkeln sah er rechts wieder die Statue des Moses. Höhnisch, dieser Blick. Jakob drehte ihr den Rücken zu, lehnte sich über das Geländer der Confessio. Dort, ein, zwei Meter tiefer als der Marmor des Kirchenbodens, unmittelbar vor dem Hochaltar, präsentierte ein goldgefasstes Sakramentarium Glieder der Kette, mit der Petrus in Rom im Mamertinischen Kerker gefesselt gewesen sein soll. »Fesseln« – unvermittelt erheiterte ihn die Vorstellung. Wie kann man Fesseln verehren? Da stiegen Menschen eine Treppe hinunter, starrten auf hellbestrahlte Kettenglieder hinter Glas, angestrengt andächtig, in eine Kirche gehörte schließlich Andacht. Und sitzen Fälschungen auf. Jakob grinste in sich hinein. Vielleicht sollte man die Fesseln wirklich genauer unter die Lupe nehmen. Neugier stieg in ihm auf.

✦

Abends im Tucàn. Es war gerade mal halb sieben. Der Wein kitzelte auf der Zunge. Jakob saß in einer Ecke, von der aus er die Bar überblicken konnte. Am Tisch nebenan turtelte ein junges Paar, sein Mund dicht an ihrem Ohr, sie lachte halblaut. Zwei Tische weiter vier alte Damen. Sie fuchtelten mit beringten Fingern aufeinander ein, immer dicht an den Weingläsern vorbei. Warum Italiener immer mit den Händen reden müssen? Ein Witz fiel ihm ein. Vernehmung bei der italienischen Polizei. »Und warum haben Sie nicht um Hilfe gerufen?« – »Ich konnte nicht, sie hatten mir die Hände gefesselt!«

Jakob griff nach einer Zigarette. Eigentlich hatte er mit dem Rauchen aufhören wollen. Heute war schon der dritte Tag, an dem er die Packung unangebrochen in der Tasche trug. Aber jetzt brauchte er irgendetwas, was ihn beruhigte. Der erste Zug, Jakob lehnte sich zurück, schloss die Augen.

»Permesso?« Noch ehe er ein Wort herausbrachte, hatte sie die Hand schon an der Stuhllehne und saß, »Guten Abend!«, und: »Bestellen Sie mir ein Glas Wein? Den gleichen, den Sie trinken. Der ist doch gut, oder?«, glitzerten die grünen Augen.

»Sicher!« Jakob versuchte sich zu fangen. Er hob den Arm, »Un altro vino«, und: »Macht es Ihnen etwas aus, wenn ich rauche?« – »Nein, bitte!«

War da nicht ein kurzes Aufflackern in ihren Augen? Jakob gewann Boden. »Und? Sie haben meine Frage von vorhin noch nicht beantwortet.«

»Darf ich mich Ihnen erst mal vorstellen?« Ihre Gegenfrage machte Jakobs Gewinn zunichte. »Rachel Baumeister, ich arbeite bei einem Reisebüro hier, das die Pilgerreisen organisiert.

Ihren Namen und Ihr Hotel habe ich von meinem Chef bekommen, ich sollte Sie in der Casa Kolbe abholen, Ihnen Rom zeigen. Sie waren nicht da, da habe ich einen Zettel hinterlegt. Zufrieden?«

»Nein.« Jakob schüttelte den Kopf.

»Sie sind zum ersten Mal in Rom?«

»Lenken Sie nicht schon wieder ab«, versuchte er das Gespräch an sich zu ziehen.

»Ich dachte nur.« Sie zögerte, schürzte die Lippen. »Ich soll Ihnen Rom zeigen.«

»Privathostess?« Im gleichen Augenblick ärgerte sich Jakob. Schon wieder hatte er die Initiative aus der Hand gegeben. Schnell setzte er nach: »Ich brauche keinen Führer. Warum sind Sie wirklich hier?«

»Il vino per la signora?« Warum musste der Kerl ausgerechnet jetzt kommen? Schon nutzte sie die kleine Pause, hob das Glas und sah ihn über den Rand hinweg an. »Salute.«

Jakobs Hand ging unschlüssig Richtung Glas, dann zog er sie zurück. »Prost«, sagte er trotzig. Und gleich: »Also?«

Keine Reaktion in ihren Augen. »Darf ich mir eine Zigarette nehmen?« Noch ehe er antworten konnte, griff sie nach der Schachtel. »Cartier«, buchstabierte sie halblaut, »kenne ich nicht. Schmeckt die?«

»Hören Sie«, Jakob ballte die Faust unter dem Tisch, »ich bin nicht hierher gekommen, um mit Ihnen Rom anzusehen und über Zigarettenmarken zu reden.«

»Warum dann?« Ihre Stimme war warm, sie sah ihn direkt an. Jetzt nur nicht die Beherrschung verlieren, ruhig bleiben, Stärke zeigen. Jakob lehnte sich demonstrativ zurück, angelte das Feuerzeug aus seiner Westentasche und reichte ihr Feuer.

Das wirkte. »Mir kam der Auftrag von vornherein merkwürdig vor.« Sie schlug die Augen nieder. »Normalerweise bekomme ich den Auftrag, irgendeine Pilgergruppe durch Rom zu führen. Das ist das erste Mal, dass ich den Namen einer einzigen Person auf einem Zettel bekommen habe, die ich betreuen soll.« Dann hob sie den Kopf: »Sie glauben mir doch?«

»Weiß nicht.« Jakob widerstand ihrem bittenden Blick. Sollte sie doch schmoren. Sein Mund war trocken. Er nahm einen Schluck aus dem Glas. »Die Wahrheit?«, fragte er lauernd.

»Welchen Grund hätte ich, Sie anzuschwindeln?« Unschuld in der Stimme. Und ehe Jakob antworten konnte, setzte sie hinzu: »Ein normaler Tourist sind Sie jedenfalls auch nicht!«

»Was ist schon normal.« Er grinste sie an.

»Jetzt lenken aber Sie ab!« Clever war sie, das musste Jakob ihr lassen.

»Eines möchte ich jetzt klarstellen.« Er ging zum Angriff über. »Erstens bin ich nicht ganz freiwillig hier, zweitens hat irgendjemand Sie auf mich angesetzt, und drittens spielen Sie Theater. Und das nicht besonders gut.«

»Theater, ich?« Ihr Blick starr, der Ton gereizt. »Bitte, wenn Sie wollen!« Sie kramte in ihrer Handtasche – Mulberry, teuer, registrierte Jakob. »Hier, meine Visitenkarte. Rufen Sie mich an, wenn Sie wollen. Danke übrigens für den Wein. Ich denke, er geht auf Ihre Rechnung. Ciao.« Sie stand auf, ging zur Tür und war verschwunden.

Versuche

Nachdenken auf dem Weg ins Hotel. Was, wenn diese Frau aus dem Reisebüro wirklich nicht mehr wusste als er? Möglich, dass sie die Wahrheit gesagt hatte. Dazu passte ihr Abgang. Wäre sie so einfach gegangen, wenn hinter ihrer Notiz mehr steckte als der Auftrag ihres Chefs? Andererseits: Dieses merkwürdige Zusammentreffen am Nachmittag. Zufall? Ich werde sie morgen anrufen. Jakobs Entschluss stand fest.

Und Cora? Seit seiner Ankunft in Rom hatte er einen Weg gesucht, sie zu benachrichtigen. Ein Anruf schloss sich von selbst aus. Ihr Mann hatte unregelmäßige Arbeitszeiten, war oft zu Hause. Sie hatten sich von Mal zu Mal verabredet, oder sie hatte ihn zu Hause angerufen. Dass der Anruf vom Flughafen sie allein angetroffen hatte, war wohl eher ein Glücksfall gewesen. Einen Brief schreiben – den Gedanken hatte er früh verworfen, nicht nur des langen Postweges wegen. Sein Name als Absender – nein. Und ein anonymer Brief wäre verdächtig, Cora hatte manchmal darüber gesprochen, wie misstrauisch ihr Mann sei. Ein Brief ohne Absender wäre Wasser auf die Mühlen seiner Eifersucht.

Blieb das Telefon. Wenn sie nur ein Handy hätte. Doch dazu hatten sie sich beide allzu oft lustig gemacht über die Leute, die überall und bei jeder Gelegenheit irgendetwas vor sich hinquatschen mussten. Und als er sich schließlich doch eines kaufte, tat er es mit gemischten Gefühlen und nur, weil seine Sekretärin ihn gedrängt hatte. Dennoch benutzte er es selten.

Margret. Plötzlich öffnete sich ein Weg. Warum er nicht gleich darauf gekommen war? Margret und Cora waren befreundet, schon seit der Schulzeit. Sie hatten sich aus den Augen verloren, Cora hatte in Tübingen studiert, Margret war nach Frankfurt gegangen. Vor fünf Jahren hatten sie sich wiedergetroffen, mitten im Gedränge, beim »Heidelberger Herbst« in der Hauptstraße. Margret Vorländer hatte eine Praxis als Therapeutin in der Bergstraße. Die Nummer musste leicht zu finden sein, auch von Rom aus. Jakobs Schritte wurden schneller.

◆

Gott sei Dank sprach der Portier ein paar Brocken Deutsch, Jakobs Italienisch hätte kaum ausgereicht, die Suche nach einer deutschen Telefonnummer in Gang zu setzen. Der Portier verstand ihn sofort, allerdings nützte das Jakob nicht viel. Das Einzige, was er bekam, war die Telefonnummer der italienischen Auskunft. Seine Anfrage dort blieb ohne Ergebnis, auch beim dritten Mal antwortete irgendeine männliche Stimme auf italienisch, Jakob stammelte irgendetwas von: »Un numero di telefono in Germania, Heidelberg«, was nur den Ausruf: »Si, Eidelberg« provozierte, und jedesmal endete das Gespräch mit: »mi dispiace, ciao.« Jakob war es auch leid.

Nicht einmal das Viertel Wein, das er sich in seinem Zimmer einschenkte, vermochte ihn zu trösten. Eine Zigarette? Als er die Schachtel aus der Tasche holte, fiel die Visitenkarte von Rachel Baumeister auf den Boden. Natürlich. Warum man oft das Nächstliegende so spät erkennt? Er griff zum Telefon. Reisebüro? Nein – das war um halb zehn abends sicher schon geschlossen. Aber da stand ja noch eine andere Nummer, hoffentlich die private.

»Pronto?« Das war ihre Stimme, verschlafen. Jakob meldete sich zögernd: »Erdmann, entschuldigen Sie bitte die Störung. Ich habe eine Bitte.«

»Tatsächlich?« Jakob versuchte die Ironie in ihrer Stimme zu überhören.

»Ja, ich brauche eine Telefonnummer aus Deutschland. Können Sie mir helfen? Bitte!« Für ein paar Augenblicke hörte er nur das Rauschen der Leitung. »Und wie? Ich habe hier kein deutsches Telefonbuch, und ins Internet komme ich jetzt nicht!«

»Aber.«

»Sicher, im Büro. Aber das ist jetzt geschlossen.«

»Und Sie haben keinen Schlüssel?« Er hörte einen leisen Seufzer. »Hat das nicht bis morgen Zeit?« Jakobs »Nein!« sollte entschlossen klingen. »Liebeskummer? Wie heißt die Dame denn?« Auf Erklärungen hatte er keine Lust. Er nannte Namen und Adresse von Margret. Sie werde zurückrufen, in einer halben Stunde etwa.

Jetzt eine Zigarette.

Rachel rief wirklich zurück, vierzig Minuten später. Sie nannte ihm die Telefonnummer, und als er sich bedanken wollte, fiel sie ihm ins Wort: Ein Mittagessen wäre schon drin, oder? Und: Sie würde ihn morgen gegen halb eins abholen.

Margret schien wenig überrascht, dass er anrief. Sie und Cora hätten sich schon Sorgen gemacht, warum er sich nicht gemeldet habe. Ein leiser Vorwurf. Er erklärte knapp seine Lage und ob sie nicht dafür sorgen könne, dass er morgen früh – gegen elf? – Cora bei ihr erreichen könne.

»Wird schon klappen«, und: »Mach's gut!« Jakob fiel ein Stein vom Herzen.

Überraschungen

In dieser Nacht schlief er tief und ruhig. Zum ersten Mal seit dem überstürzten Aufbruch aus Heidelberg. Das eilige Klappern von Schuhen auf dem Straßenpflaster weckte ihn, er dämmerte noch vor sich hin. Coras weiche, dunkle Augen – er versuchte sie festzuhalten, aber sie verschwammen in seiner Fantasie, davor schob sich das spöttisch-amüsierte Lächeln von Rachel. Auch den Klang ihrer Stimme vermochte er nicht mehr unvermischt zu hören. Ärgerlich ging er ins Bad, aber auch eine warme Dusche spülte die aufsteigende Verwirrung nicht weg. Er war viel zu früh unten, es gab noch kein Frühstück. Ein kleiner Spaziergang über das Forum Romanum in der aufgehenden Sonne beruhigte ihn ein wenig. Die Zeit kroch, endlich war es elf Uhr, gleich würde er mit Cora sprechen. Er nahm sich vor, ihr in wenigen Worten ruhig zu erklären, warum er so überstürzt abgereist war, Klarheit war alles, was sie beide jetzt brauchten. Er ließ es vier-, fünfmal klingeln, dann hörte er Margrets Stimme vom Anrufbeantworter: »Vorübergehend nicht erreichbar. Wenn Sie eine Nachricht ...« Er legte auf, probierte es noch einmal. »Hier ist Jakob, ich sollte doch um elf ...« Die Zeit stimmte, seine Uhr ging genau. Auch als er es zehn Minuten später noch einmal probierte, meldete sich wieder nur der Anrufbeantworter. Hart legte er auf, murmelte dem erstaunten Portier eine Entschuldigung zu, dann seine Zimmernummer, warf sich in den alten Ledersessel im kleinen Empfangsraum vor der Rezeption, riss ärgerlich ein Streichholz an, drückte die Zigarette jedoch nach wenigen Zügen wieder aus. »Dann eben nicht!«

Pünktlich um halb eins hupte es draußen vor dem Hotel, Rachel war da. Ein dunkelgrüner Fiat, Cabrio, sie hatte die Sonnenbrille wieder in die Haare geschoben, winkte und lachte, er stieg ein.

Als sie losfuhr, glaubte er im Spiegel eine Frauengestalt an der Ecke zu erkennen, Kopftuch, Sonnenbrille, ein Koffer. Cora, fuhr es ihm durch den Kopf, dann: Unsinn, was soll sie hier, und lehnte sich entschlossen in den Sitz.

Rachel fuhr sicher und für sein Empfinden ein wenig zu schnell. Durch die alte Via Appia hinaus Richtung Süden, bog nach ein paar Kilometern nach links ab, eine kleine Straße einen Hügel hinauf, hielt auf einem großen, kiesbedeckten Platz vor einem halbverfallenen Palazzo. »Wir sind da!« Sie stieg aus und ging auf ein schmiedeeisernes Gitter am Kopfende des Platzes zu, drückte eine Klingel, er folgte ihr wortlos. Sie drehte sich erst um, als sich das Tor mit einem Summen öffnete und sie in einen kleinen Innenhof eingetreten waren. Unter einem blühenden Oleander lachte sie ihn an: »Und, wie gefällt es dir hier?«

Es störte ihn nicht, dass sie unvermittelt diese vertraute Anrede wählte. Er musste unwillkürlich lächeln, ihr kindlicher Stolz rührte ihn. Der Fahrtwind hatte seinen Unmut weggeblasen, warum nicht genießen, den Tag, das gute Essen, ihre unbefangene Koketterie, die quecksilbrige Melodie ihrer Plaudereien? Auf ihrem Haar zauberte die Sonne tiefrote Reflexe, sie gestikulierte mit Gabel und Messer, während sie sprach, ihre schlanken Finger – »He, Herr Pfarrer, hören Sie mir überhaupt zu oder träumen Sie?«

Jakob fuhr hoch, entschuldigte sich. »Mit deinem Telefonat scheint es ja nicht geklappt zu haben, oder?« Wieder das spöttische Lächeln. Konnte sie ihm die Enttäuschung ansehen? »Ich habe niemanden erreicht!«, wehrte er ab. »Ich möchte nicht darüber reden!« Und kampflustig, plötzlich: »Du weißt doch genau, warum ich in Rom bin!«

»Nein, keine Ahnung! Wie kommst du darauf?« Ihre Überraschung war echt. »Aber wir sind doch nicht zufällig zusammengetroffen. Oder irre ich mich?« Sie zog den Atem scharf durch die Nase. »So weit waren wir schon.« Durch die dunklen Gläser der Sonnenbrille konnte er ihre Augen nicht gut erkennen. Als ahne sie seine Gedanken, schob sie die Brille hoch und sah ihn direkt an. »Ich habe schon gesagt, dass mir der Auftrag komisch vorkam. Kümmern Sie sich um den Mann, hat mein Chef gesagt. Mehr nicht, mehr weiß ich nicht, mehr interessiert mich nicht. Es sei denn, du möchtest mir erzählen, was los ist.«

Jakob zögerte einen Moment, dann berichtete er kurz, was in den letzten Tagen in Heidelberg passiert war, warum er nach Rom geflogen war.

Sie unterbrach ihn nicht, folgte aufmerksam seinen Worten. Als er schwieg, lehnte sie sich zurück, führte das Glas an die Lippen: »Cincin, armer Jakob. Und was willst du nun machen?« Und noch bevor er antworten konnte, beugte sie sich nach vorn und legte ihre Hand für einen Augenblick auf seinen Arm. »Ich will gern wissen, was hinter dem Auftrag steckt, den ich bekommen habe. Vergiss deine Verdächtigungen, ich bin auf deiner Seite. Okay?«

Ihre Augen warben. Lass dich nicht einwickeln, die Frau zieht alle Register, dachte Jakob, aber lächelte trotzdem, nickte, und als sie vorschlug, ihn am Abend durch Rom zu führen, durchrieselte ihn ein warmes Gefühl der Nähe.

✦

Zurück im Hotel überreichte ihm der Portier mit dem Zimmerschlüssel eine Notiz. »Una signora tedesca!« Hastig faltete Jakob den Zettel auf. »War hier. Du scheinst dich gut zu amüsieren. Weiter schöne Tage in Rom! Cora.«

Sein Atem stockte. Er versuchte, einen klaren Gedanken zu fassen. Also hatte er doch richtig gesehen. Die Frau mit dem Koffer war wirklich Cora gewesen. Aber warum war sie nach Rom gekommen? Und warum hatte sie nicht gewartet? Weil sie ihn verdächtigte, wegen einer anderen Frau nach Rom gefahren zu sein? Unsinn – das passte gar nicht zu ihr. Cora und eifersüchtig – wie oft hatte sie sich über eifersüchtige Frauen amüsiert. Unerwachsen, fand sie, kindisch. Aber warum war sie dann einfach weggefahren, ohne Erklärung, ohne Chance sich zu sehen? Ein paar nichtssagende Zeilen. Amüsier dich gut! Jakob schüttelte unwillig den Kopf. Aber vielleicht war sie doch noch da, hatte irgendwo ein Zimmer genommen. Er bedrängte den Portier – nein, die Dame sei gleich wieder gegangen, ja, mit einem Koffer, aber sie habe nicht nach einem Zimmer gefragt, nur nach seinem Namen, nein, sie habe seine Zimmernummer gar nicht wissen wollen, sie habe nur diese Notiz hinterlassen, nichts weiter.

Margret anrufen? Nein, jetzt gerade nicht. Die Nummer mit dem Anrufbeantworter heute Morgen reichte. Dieses Spiel spiele ich nicht mit. Zum ersten Mal seit seiner Ankunft in Rom spürte Jakob Wut in sich aufsteigen, auf Cora, auf den Dekan, die ganze vertrackte Situation in Heidelberg, auf sich selbst. Stiehlst dir ein bisschen Leben und hängst an der Angel wie ein Fisch. Gefangen, da kannst du zappeln, wie du willst. Nicht mit mir.

◆

Um acht Uhr wollte Rachel ihn abholen. Er war viel zu früh fertig, saß in der Hotelhalle, ging nach draußen, kein Auto bog um die Ecke, es wurde halb neun, weit und breit keine Rachel. Er setzte sich an die Bar des Hotels, der Wein schmeckte fade, der Rauch der Zigarette kratzte im Hals, um neun Uhr schließlich rief er bei Rachel an, ließ es lange klingeln, legte dann enttäuscht auf.

Als er die Treppe zum Zimmer nach oben betrat, rief der Portier: »Signor Erdmann, telefono«, und als Jakob ihm den Hörer aus der Hand riss, zwinkerte er: »La signorina.«

»Erdmann.« Jakob versuchte seiner Stimme einen ruhigen Klang zu geben. »Jakob, entschuldige.« Tatsächlich, es war Rachel. »Ich habe etwas Aufregendes entdeckt. Wir treffen uns im Tucàn. Bis gleich!« Noch ehe er etwas erwidern konnte, hatte sie aufgelegt.

Als er im Tucàn ankam, war Rachel schon da. Hinten am gleichen Tisch wie gestern, sprang auf und winkte.

»Ich habe vorhin bei meinem Chef ein wenig in den Notizen geblättert. Nach sieben, weißt du, da ist bei uns nichts mehr los. Rat mal, was ich gefunden habe.« Ihre grünen Augen glitzerten ihn an. Jakob zuckte die Schultern. Sie legte ihm eine Papier hin: »Kennst du die Telefonnummer? Heidelberger Vorwahl.«

»Natürlich – die Nummer des Dekans. Und? Kann ein Zufall sein.«

»Nicht, wenn sie erst seit vier Tagen in seinem Kalender steht. Und das gleich sechsmal hintereinander.« Rachel machte eine Kunstpause. »Und erst recht nicht, wenn hinter der Nummer vorgestern ›2000‹ steht. Und: ›OK‹.«

»Und?« Jakob gab sich skeptisch. »Und was!« Rachels Stimme senkte sich. »Das ist genau der Tag, an dem ich die Anweisung bekam, mich um dich zu kümmern. Das ist weit über dem Tarif. Da steckt mehr dahinter!«

»Und was?«

»Das weiß ich noch nicht genau. Aber heute Nachmittag hat sich mein Chef sehr genau erkundigt, was ich mit dir unternommen habe. Das Übliche, habe ich gesagt, Forum Romanum, Colosseum, Fontana di Trevi, Pantheon.«

»Und das Essen?« Rachel zog die Mundwinkel verächtlich nach unten. »Das geht ihn gar nichts an!«

Ein Gefühl der Genugtuung stieg in Jakob auf. Rom schien ihm auf einmal kein Ort der Flucht mehr zu sein. Ein Abenteuer? Rachel war eine reizende Frau, kapriziös, sicher, aber auch voller Lebenslust, er mochte sie.

»Und die Nummer habe ich auch im Terminkalender gefunden. Die kenne ich sogar!« Die Telefonnummer von Margret. Die Zahlen verschwammen Jakob vor den Augen. »Wann?«, hörte er sich fragen. »Gestern, morgens um neun Uhr war sie notiert. Und daneben: Ankunft 11.35 Uhr.«

Mechanisch zündete Jakob sich eine Zigarette an. »Das passt«, murmelte er. »Was passt?« Er reagierte nicht.

»Dann bis morgen, neun Uhr im Hotel.«

Und noch ehe er etwas sagen konnte, hatte sie ihre Handtasche unter den Arm geklemmt und ging zur Tür, drehte sich noch einmal kurz um und warf ihm einen Blick zu, der ihm für einen Augenblick den Atem stocken ließ. Mit offenem Mund starrte Jakob ihr nach.

Hoffnungen

Wann das Gefühl einer heiteren Leichtigkeit erwacht war, konnte Jakob am nächsten Morgen nicht sagen. Irgendwann auf dem Weg vom Tucàn zum Hotel, vielleicht als er im Dunkel den kurzen Weg zum Capitol hinaufgestiegen war und der laue Frühlingswind ihm das Grübeln aus dem Kopf geweht hatte. Vielleicht auch, weil er eine Verbündete gefunden zu haben glaubte. Die enge Gasse vom Capitol hinab zur Straße, in der die Casa Kolbe lag, war ihm jedenfalls freundlicher erschienen als die Abende zuvor. Cora? Jakob musste unwillkürlich lächeln, als ihm der Name einfiel. Er verschwendete keinen Gedanken mehr daran, ob sie noch in Rom war oder schon wieder abgereist. Eigentlich, so erinnerte er sich an den abendlichen Heimweg, war es ihm ohne sie wohler, er fühlte sich freier. Morgen um neun. Seine Füße waren leicht geworden, er atmete tief ein, genoss das weiche Dunkel, das ihn wie eine Decke einhüllte.

Erst als er oben im Zimmer angekommen und sein Blick auf die Straße gefallen war, hatte er den kleinen Lieferwagen entdeckt, auf der Straßenseite gegenüber, am Steuer ein Gesicht, das offenbar zu ihm hochblickte und rasch verschwunden war, als er sich weiter aus dem Fenster gelehnt hatte.

Irgendetwas hatte sich in seiner Erinnerung geregt, aber Jakob hatte dem kurzen Signal keine Beachtung geschenkt, hatte sich aufs Bett geworfen, hatte das Telefon zur Hand genommen und es wieder abgestellt, als er die ersten beiden Ziffern von Rachels Nummer eingetippt hatte. Morgen um neun. Mit diesem Gedanken hatte Jakob sich in den Schlaf gerekelt.

Heute würde er Rachel wiedersehen. Ein warmes Gefühl durchrann ihn bei dem Gedanken. Er duschte lange, rasierte sich langsam – und plötzlich schoss es ihm durch den Kopf:

Bocca da Verità! Er stürzte zum Fenster, der kleine Lieferwagen stand nicht mehr da. Jakob war sich sicher: Das war der Wagen, der ihn fast umgefahren hatte. Wie kam er ausgerechnet vor den Eingang seines Hotels? Es musste ja nicht stimmen, beruhigte sich Jakob, auch wenn seine Bedenken nicht ganz verschwanden. Er würde nachher mit Rachel darüber reden.

✦

Aber Rachel fiel nichts zu einem Lieferwagen ein. Nein, mit dem Reisebüro hat der nichts zu tun. Darin war sie sich sicher. Und sonst? Sie schürzte die Lippen. »Komm, lass uns was Schönes machen. Warst du schon einmal in den Katakomben?«

Sie fuhren die Via Appia hinaus, fast wortlos, bogen nach rechts ab, holperten über eine Schwelle in der Straße. Der Parkplatz war voller Reisebusse, vor dem Kassenhäuschen eine Menschentraube. Jakob schüttelte unwillig den Kopf. »Einen Moment.« – Rachel verschwand hinter der Hütte, wenige Augenblicke später winkte sie Jakob mit zwei Karten in der Hand zu, zog ihn am Ärmel an den Wartenden vorbei, schlüpfte mit einem lächelnden: »Ciao Rainer« unter dem Seil hindurch, an dem ein schwarzgekleideter Priester die Gruppen einließ, weiter durch einen kapellenähnlichen Raum, an dessen Wänden Pläne der Katakomben aufgemalt waren. Jakob konnte sie kaum wahrnehmen, schon verschwand Rachel durch eine kleine Pforte nach rechts im Dunkel, eine schmale Treppe führte steil nach unten. Der dunkle Gang weitete sich, führte schräg hinab, im trüben Licht einzelner nackter Glühbirnen konnte Jakob, als seine Augen sich ans Dunkel gewöhnt hatten, Steinwände erkennen, in die Nischen eingehauen waren, übereinander liegend. Viel zu kurz für einen Menschen, schoss es ihm durch den Kopf. Laut fragte er: »Und hier sollen die Christen sich vor den Verfolgungen durch die Römer versteckt haben?« Rachel lachte leise. »Unsinn! Jeder in Rom hat gewusst, dass die Christen hier ihre Toten begraben – die Totenstätten lagen immer außerhalb der Stadt, das war Gesetz. Daran mussten sich auch die Christen halten. Und verstecken konnte sich hier keiner, die Gänge waren frei zugänglich. Man hat von oben in den weichen Stein eben immer tiefer gegraben, Stockwerk um Stockwerk, und hier in den Katakomben des Calixt sind es eben sieben Stockwerke geworden. In den Nischen hat man die Toten, in Tücher gewickelt, bestattet. In manche Nischen hat man später Namen oder Zeichen eingeritzt, aber einen Totenkult hat es bei den frühen Christen nicht gegeben, man hat ja erwartet, dass die Toten nur für kurze Zeit hier bleiben würden. Aber muss ich dir das erklären?«

Jakob schämte sich ein wenig, er wagte kaum zu fragen, warum es eigentlich so wenig moderig roch, schließlich waren hier doch tausende von Körpern verwest. »Die Gänge waren gut durchlüftet, die Toten sind rasch verwest – eine hygienische Art der Bestattung, bei den Römern üblich«, sagte Rachel, als habe sie seine stumme Frage gehört. Ganz Fremdenführerin, dachte er, blieb stehen, blickte nach oben, dort verloren sich die Nischen im Dunkel. Ein wohliges Gefühl stieg in ihm auf, als er sich leicht zurücklehnte und die Wärme ihres Körpers spürte. Noch während er nach oben blickte, suchte seine Hand die ihre in seinem Rücken, spürte den leisen Druck ihrer Finger, die sich ihm gleich wieder entzogen, schloss die Augen, ein leichter Schwindel durchrieselte ihn.

Plötzlich fühlte er, dass er allein war. Er öffnete die Augen, Rachel war verschwunden. Aber wohin? Jakob folgte dem leicht abschüssigen Gang weiter nach unten, bog rechts ab – nichts. Er rief halblaut ihren Namen, nur das Echo antwortete hohl. Er begann rascher zu gehen, fluchte tonlos vor sich hin, lauter, als er sich den Arm im engen Gang am rauen Stein schrammte.

Rechts vor ihm hörte er jetzt dumpfes Gemurmel, aus einem kleinen Gewölbe drang ein Lichtschimmer in den Gang. Jakob stürzte darauf zu – ein Priester im roten Ornat hob eben eine Hostie mit beiden Händen in die Höhe, blickte erstaunt durch seine ausgestreckten Arme auf den Eindringling, irritiert nahmen ihn sieben, acht Pilgeraugenpaare wahr, Jakob stotterte irgendeine Entschuldigung, ging drei Schritte zurück – und erstarrte! Zwei Hände legten sich um seinen Hals. »Rachel!«, wollte er sich lachend umdrehen, doch nur ein Röcheln brachte er hervor, die Hände würgten ihn. Er ließ sich instinktiv zur Seite fallen, stieß mit dem Kopf an die Wand des Ganges, der Griff lockerte sich für einen Augenblick, Jakob trat mit einem Bein nach hinten oben, hörte ein dumpfes Stöhnen, rollte sich über die Schulter ab, war frei, rappelte sich hoch und stürzte davon, mehr stolpernd als laufend.

Wie er die Treppe erreicht hatte, wusste er selbst nicht mehr, irgendwann führte der Gang leicht bergan, eine Wendung nach links, Stufen steil nach oben, Jakob hastete dem Licht entgegen, meinte hinter sich ein Keuchen zu hören, nahm zwei, drei Stufen auf einmal, stürzte ins Freie, atemlos, mischte sich unter die wartenden Pilger, blickte zurück – niemand schien ihm gefolgt zu sein. Wo war nur Rachel geblieben? Oder sollte sie ... seine Gedanken überstürzten sich. War es nicht ihr Vorschlag gewesen, hierher zu fahren? Unsinn! Jakob wischte den lästigen Verdacht beiseite. Aber warum war sie so plötzlich verschwunden?

Auf dem Parkplatz suchte er ihr Auto – vergeblich. Ärgerlich nahm er ein Taxi.

✦

Im Hotelzimmer angekommen warf er sich aufs Bett, seine Gedanken hängten sich ineinander wie Kletten, Ruhe konnte er nicht finden, er dämmerte vor sich hin.

Ein Klopfen riss ihn aus dem Halbschlaf. Er rappelte sich hoch, ging zur Tür. »Jakob«, hörte er ihre Stimme flüstern.

Erwartet hatte er das nicht, was dann geschah. Oder doch? Später war er sich nicht mehr so sicher. Zu schnell hatte sie in seinen Armen gelegen, kaum dass er die Tür öffnete. Dieser Wirbel im Kopf. Ihre Augen. Eine smaragdene Tiefe, in die er versunken war, so tief, dass ihm die Luft ausging. Seine Finger zitterten immer noch, jetzt, Stunden später. Die Finger, die über ihre Haut geglitten waren, den Rücken hinunter, sich irgendwo festgekrallt hatten, weitergeflogen waren, sich in ihre Finger verflochten hatten. Als hätten ihre Körper Boten gebraucht.

Er versuchte, seine Gedanken zu ordnen. War es Verlegenheit, die sie lächeln ließ, als sie in der Tür stand? Oder einfach nur die freundliche Art, in der sie ihm vorher begegnet war? Gesprochen hatten sie wenig. »Ich wollte schon wieder gehen«, hatte sie gesagt, bevor er sie ins Zimmer gezogen hatte. Und dann? Jakob erinnerte sich an kein einziges Wort – wie kann man auch aus einer Flut von Gedanken den Tropfen eines Wortes herauslesen? Es gibt Momente, in denen Worte die Gefühle nicht nennen können, in denen allein die Körper sich einander mitteilen und Worte nur trennen, weil sie einer anderen Wirklichkeit, der des Kopfes zugehören.

Gesprochen hatten sie später, viel später. Da hatte sie ihren Kopf in seine Achsel gebettet. »Ich musste dich einfach sehen«, hatte sie geflüstert, »ich war so allein.« »Und warum warst du plötzlich verschwunden? Ich habe dich gesucht!«

»Ich bekam plötzlich Angst, Jakob.« Und nach einer kleinen Pause: »Jetzt bin ich ja da!«

»Wirklich?« Jakob versuchte zu scherzen, aber es gelang ihm schlecht. Sie lächelte. »Habe ich dich überrascht?« Er schwieg, dann schüttelte er den Kopf, als wolle er die Frage verneinen.

»Ja«, zögerte er dann, und: »Ich weiß nicht.«

»Wie – du weißt nicht?« Sie gluckste leise. »Mein armer Jakob ist verwirrt«, und strich ihm mit dem Zeigefinger über die Stirn. Dann stand sie abrupt auf, kleidete sich wortlos an, huschte zur Tür. »Bis morgen!« Die Tür schnappte hinter ihr ins Schloss.

Klärungen

Am Tag darauf überstürzten sich die Ereignisse. Das Telefon klingelte Jakob aus dem Schlaf. Der Portier. Ein Telegramm sei da, aus Deutschland. Hemd, Jeans, schon war Jakob unten, riss dem Portier den Umschlag aus der Hand. »So schnell wie möglich zurück, ich brauche Sie.« Unterschrieben mit »Mahler«. Der Personalreferent aus der Kirchenleitung. Darauf konnte er sich wirklich keinen Reim machen. Er wollte sofort in Karlsruhe anrufen, vergeblich. Mahler sei den ganzen Tag unterwegs, sagte die Sekretärin. Mehr wisse sie auch nicht.

Er versuchte Rachel zu erreichen, sie nahm nicht ab. Ratlos ging er zum Frühstücksbüffett, Appetit hatte er keinen. Er nahm ein Croissant, ein Schälchen Konfitüre, setzte sich im Frühstücksraum in eine Ecke und versuchte seine Gedanken zu ordnen.

Er würde am Nachmittag fliegen, gegen 16 Uhr in Fiumicino sein müssen. Viel Zeit blieb ihm nicht. Er würde ihr eine Nachricht zukommen lassen. Im Reisebüro. Oder besser: Hier im Hotel. »Muss dringend zurück. Möchte dich wiedersehen.« So ähnlich. Und womit unterschreiben? Dein Jakob – zu betulich. Oder: In Liebe – pubertär. Einfach: Jakob. Wie nahe waren sie sich eigentlich wirklich gekommen? Er grübelte weiter vor sich hin. Warum war sie in den Katakomben nur verschwunden? War das keine Erklärung wert? Ärger stieg in ihm hoch – aber ein merkwürdig gedämpfter Ärger, als ob sich eine kleine dunkle Wolke vor die Sonne geschoben habe, die gleich wieder vorüberziehen würde. Gibt es so etwas wie »Glücksärger«? Jakob lachte leise vor sich hin. »Idiot!«, sagte er sich.

»Hallo!« Rachels Augen blitzten unternehmungslustig. »Nimmst du mich mit?« Er versuchte Zeit zu gewinnen, stand langsam auf. »Guten Morgen erst mal.« Sie schien seine Überraschung gar nicht wahrzunehmen, ließ sich ihm gegenüber in den Stuhl fallen und fragte unbefangen: »Gut geschlafen?«

Er räusperte sich. »Du bist mir ein Rätsel!«

»Einen Espresso!«, rief sie dem Kellner zu, und dann, zu ihm gewandt: »Wunderst du dich gar nicht, dass ich schon weiß, dass du nach Heidelberg zurückfliegst? Heute schon?«

Ehe er etwas erwidern konnte, plauderte sie drauflos. »Gestern in den Katakomben – ich habe Wilfried entdeckt. Allein. Er arbeitet gelegentlich im gleichen Reisebüro wie ich. Allerdings in großen Abständen. Ein schmieriger Typ, dem ich alles zutraue. Und plötzlich packte mich eine unerklärliche Panik. Ich bin einfach losgelaufen. Ich musste – was hätte ich dir erklären können – ich wusste ja selbst nicht, wie mir geschah. Verstanden hättest du es wahrscheinlich sowieso nicht.« Und noch ehe er protestieren konnte, erzählte sie weiter. »Mehr kann ich dir nicht erklären. Ich weiß, das war vielleicht dumm, einfach weglaufen. Erst als ich im Auto saß und zurückfuhr, stieg langsam ein Verdacht in mir hoch.«

»Verdacht? Welcher?«

»Dass man dich unter irgendeinem Vorwand aus dem Weg schaffen will. Du musst irgendetwas wissen, was deinem Chef gefährlich werden könnte. Ist da was?«

Jakob spürte, wie ihm das Blut in den Kopf stieg. Er hätte Rachel ja irgendetwas erzählen können von Cora und dem eigenartigen Gespräch mit dem Dekan. Aber was sollte daran gefährlich für den Alten sein? Eher gefährlich für ihn selbst. Gleichviel. »Nicht dass ich wüsste«, sagte er vorsichtig.

»Ich habe zufällig ein paar Gesprächsfetzen mitgehört, als mein Chef mit Wilfried gesprochen hat. ›Lass ihn nicht aus den Augen‹, und: ›Du weißt, was du zu tun hast.‹ Ich hatte keine Ahnung, dass das etwas mit dir zu tun haben könnte. Und als ich Wilfried in den Katakomben entdeckte, überschlugen sich meine Gedanken. Aber langsam wird mir einiges klar.«

Jakob berührte seinen Hals. »Und was?«

»Du musst irgendjemandem im Weg stehen. Oder etwas erfahren haben, was einen Skandal auslösen könnte. Jedenfalls kann das, was du als Grund für deinen Sonderurlaub erfahren hast, nicht der wahre Grund sein. Ein bloßer Verdacht, du hättest irgendetwas mit einer Frau – das ist doch lächerlich, dafür bringt man doch niemanden um!«

Jakob erstarrte. »Umbringen? Du glaubst, der Überfall in den Katakomben war als Mord geplant?«

Rachel setzte die Tasse hart auf den Tisch. »Davon habe ich nichts geahnt. Was ist passiert?«

Dann, als Jakob seinen kurzen Bericht zu Ende gebracht hatte, packte sie ihre Handtasche fest unter den Arm und stand auf: »Komm, wir müssen los. Ich begleite dich nach Deutschland. Ich habe mir Urlaub genommen.« Jakob widersprach nicht.

◆

Als sie im Bus zum Flughafen saßen, hatte er noch immer keine Ahnung, was er wissen sollte. Ein Pfarrer wie er, Kirchenverwaltung – eine Ansammlung von Biedermännern. Alles andere als verdächtig. Was wusste er schon? Ein paar persönliche Geheimnisse aus seinen Geburtstagsbesuchen, die ohnehin vielen bekannt waren – und sicher kein Anlass für irgendwelche hinterlistigen Anschläge. Dienstgeheimnisse? Jakob lächelte in sich hinein. Was er an wenigen vertraulichen Informationen erhalten hatte, das konnte er an einer Hand abzählen. Und brisante Geschichten waren das weiß Gott nicht.

Er erinnerte sich an eine vertrauliche Sitzung im Diakonieausschuss. Da sollte irgendein Pfarrer in Badisch-Sibirien nachts bei einer Erzieherin durchs Fenster eingestiegen sein. Sie hatte sich beschwert. Sexuelle Belästigung. Offenbar war sie nicht die Erste, die sich beschwert hatte. Der Kirchenjurist winkte ab, die Männerrunde nickte, halb entrüstet, halb verständnisvoll. »Vielleicht sollte man den Kollegen in eine andere Gemeinde versetzen«, meinte einer. »Das ist schon die dritte Stelle«, wandte der Kirchenjurist ein. Langsam sei seine Geduld am Ende. Disziplinarverfahren? »Versetzen Sie ihn doch in eine Krankenseelsorgestelle«, schlug wieder einer vor. »Mal sehen«, sagte der Kirchenjurist.

»Wo Sie gerade da sind«, bedrängte ein Kollege den Juristen. »Bei uns im Kindergarten sollen die Kinder am Vormittag manchmal nackt durch die Räume toben – muss man da nicht was unternehmen?« Der Kirchenjurist lächelte mild. »Solange die Kindergärtnerin angezogen zum Dienst kommt, geht mich das nichts an!«

Geheimnisse – Jakob musste lachen.

»Was ist?«, fragte Rachel neugierig. »Ach, gar nichts«, wehrte er ab. Irgendwie scheute er sich, ihr seine Gedanken preiszugeben.

»Du glaubst vielleicht, du bist bei einem harmlosen Verein beschäftigt. Du wirst dich noch wundern.«

»Was weißt du wirklich?« Er wollte dem Rätselraten ein Ende machen, sie sollte endlich sagen, was sie wusste und dachte. Trotzdem war er überrascht, als sie antwortete.

»Es mag zehn Jahre her sein, da kam schon einmal ein Pfarrer aus Deutschland. Woher, weiß ich nicht genau, mag sein, aus deiner Gegend. Ich habe damals gerade als Fremdenführerin angefangen, da, wo ich noch heute arbeite. Irgendetwas muss passiert sein, jedenfalls kam die Polizei zu uns. Ich war damals jung und habe mir keine Gedanken gemacht. Und das meiste geschah hinter verschlossenen Türen. Den Chef haben die Polizisten lange befragt, das ist mir aufgefallen.«

»Und dann?«

»Drei, vier Tage später haben sie die Leiche eines Mannes gefunden, draußen an der Via Appia. Mord. Doch wer ihn ermordet hatte, ist nie herausgefunden worden. Irgendjemand hatte ihn erwürgt, aber nicht an dieser Stelle, an der man ihn fand. Es war der deutsche Pfarrer. Das hat man später herausgefunden. Du weißt nichts davon?«

Jakob schüttelte den Kopf. »Vor zehn Jahren habe ich noch studiert. In Tübingen. Vielleicht habe ich mal was gelesen, aber sehr interessiert hat mich das nicht. Und was soll das mit mir zu tun haben?«

»Weiß nicht genau. Ist ja nur eine Vermutung. Damals habe ich übrigens Wilfried zum ersten Mal gesehen.«

Solange er auch grübelte – ihre Vermutung fand er haltlos. Ein irrwitziger Gedanke, irgendwelche Pfarrer in Rom zu »entsorgen«, weil sie der Kirche lästig waren. Oder was auch immer. Vermutlich wartete auf ihn irgendein unangenehmes Gespräch mit dem Personalreferenten, das war seine größte Sorge. Und der Überfall in den Katakomben? Den hatte er schon fast vergessen. Wahrscheinlich irgendein Dieb, der das Halbdunkel nutzte, um an das Geld von Touristen zu kommen. Alles andere waren doch nur lächerliche Verschwörungsfantasien.

Er wechselte schnell das Thema. »Wo wirst du unterkommen?«

»Irgendein Hotel werde ich schon finden. Oder eine Pension. Vielleicht kannst du mir dabei helfen, du kennst dich doch aus.«

»Schon«, sagte Jakob erleichtert. Gut, dass sie so einsichtig war. In der Pfarrwohnung – eine Katastrophe. Die Leute hätten sich das Maul zerrissen. Ausgerechnet er, er hatte sowieso schon genug Schwierigkeiten.

Ein rechtes Gespräch wollte sich nicht mehr einstellen, auch nicht nach der Landung in Frankfurt und nicht einmal im Zug nach Heidelberg.

Überraschungen

Tatsächlich, es war ein Gespräch mit dem Personalreferenten in Karlsruhe, und es verlief ganz anders, als Jakob es sich vorgestellt hatte. Mahler kam sofort zur Sache.

»Ich habe Sie aus dem Urlaub rufen lassen, weil ich Sie brauche«, begann er. »Vielleicht können Sie uns weiterhelfen. Wie gut kannten Sie Würthing?«

»Wieso kannten?«, fragte Jakob zurück.

»Ach, Sie wissen nicht?« Mahler hatte ihn erstaunt angesehen. »Dekan Würthing ist seit gestern tot. Er hat sich ...« – Mahler dehnte jetzt jedes Wort – »Er hat seinem Leben selbst ein Ende gesetzt.«

»Dazu ist er nicht der Mann!« Jakobs Protest war echt.

»Ganz geklärt ist die Sache auch noch nicht«, räumte Mahler ein. »Aber es sieht danach aus. Jedenfalls hat die Polizei uns einen Zettel gegeben, den Sie neben dem Toten gefunden hatten. ›Ich bitte um Verzeihung‹ stand darauf. Mehr nicht.«

»Und wie ist er gestorben?«

»Ein Spaziergänger hat ihn im Wald gefunden, oben an der Ruine auf dem Heiligenberg. Früh am Morgen. Erhängt. Schrecklich.«

Jakob schwieg betroffen. Der Alte mochte schwierig gewesen sein, das stimmte. Aber er hatte Achtung vor dem knorrigen Mann gehabt, auch wenn er ihm gelegentlich sonderbar vorgekommen war. Aber wer blieb in diesem Beruf schon normal? Ständig Konflikte zu schlichten, tief in die Schwierigkeiten anderer Menschen verwickelt zu sein, ständig vermitteln zu müssen zwischen behördlichen Anforderungen und dem Prinzip, menschlich denken und handeln zu sollen. Das blieb nicht ohne Folgen – es sei denn, man wurde zynisch. Und zynisch war der Alte nicht, das hatte Jakob früh gefühlt. Er dachte an ihre erste Begegnung zurück. Da hatte er gerade im Pfarramt angefangen und musste die erste Statistik abliefern. Es gab vier so genannte Zählsonntage im Jahr, an denen die Zahl der Gottesdienstbesucher und die Zahl der Abendmahlsteilnehmer genau festgehalten werden mussten. Die Grundlage der statistischen Erhebung der Besucherzahlen in der ganzen Landeskirche. An einem dieser Zählsonntage war der Küster krank gewesen, er hatte der Vertretung vergessen zu sagen, sie solle zählen. Also hatte Jakob die Statistik wahrheitsgemäß mit der Bemerkung versehen: »Nicht gezählt.«

Prompt hatte der Dekan ihn zu sich bestellt. »Hören Sie, junger Kollege«, hatte er zur Begrüßung gesagt. »Ihre Statistik ist nicht richtig ausgefüllt. Erledigen Sie das.« Jakob hatte widersprochen. »Wir haben wirklich keine genauen Zahlen«, und er hatte versucht, dem Dekan zu erklären, warum er »nicht gezählt« eingetragen hatte. Würthing hatte gar nicht zugehört. »Füllen Sie die Statistik richtig aus, morgen habe ich den korrigierten Bogen!«, hatte er gesagt und ihn entlassen.

Zu Hause am Schreibtisch hatte Jakob still in sich hinein geschimpft und sich dann trotzig für das einzig Mögliche entschieden: Er trug Fantasiezahlen in die Statistik ein: Gottesdienstbesucher 2400, Abendmahl 631. Soviel kamen nicht mal am Heiligen Abend zum Gottesdienst, und die Abendmahlsgäste erreichten eine solche Zahl nicht einmal am Karfreitag in Bayern. Er hatte den Bogen in einen Umschlag gesteckt und ihn triumphierend zur Post getragen.

Gleich am nächsten Morgen hatte ihn der Dekan angerufen, sich freundlich bedankt und lediglich gesagt: »Sehen Sie, es geht doch!« Ihm musste aufgefallen sein, dass die Zahlen viel zu hoch waren. Aber das war ihm offensichtlich völlig gleichgültig gewesen. Hauptsache, der Form war Genüge getan. Der Alte hatte Humor, das musste man ihm lassen.

Und jetzt sollte er tot sein – sich selber umgebracht haben? Jakob schüttelte den Kopf.

Wie von ferne hörte er Mahlers Stimme durch seine Gedanken fahren. »Sie glauben nicht an Selbstmord? Mir sind da auch Zweifel gekommen. Aber das ist nicht unsere Sache. Die Polizei kümmert sich darum, da bin ich sicher. Obwohl ...«

»Was?« Jakob war auf einmal hellwach.

»Nun – es gibt keine Spuren von Fremdeinwirkung. Vielleicht ist der Verdacht auch unbegründet. Weshalb ich Sie zurückgerufen habe, das ist eine Sache, über die Sie vielleicht mehr sagen können. Die Nachricht auf dem Zettel ergibt für mich keinen Sinn. Höchstens theologisch – aber das klingt gar nicht nach einer pauschalen Aussage. Wissen Sie etwas über irgendwelche Unregelmäßigkeiten?«

»Ich?« Jakob war ehrlich erstaunt. Was sollte er wissen? Die Hierarchie war doch absolut dicht, das musste Mahler wohl am besten wissen. Und selbst wenn es etwas gegeben hätte – er hätte höchstens gerüchteweise etwas mitbekommen. Aber wissen?

»Wie kommen Sie ausgerechnet auf mich?«

»Ich will nicht lange darum herumreden. An Ihrem plötzlichen Aufbruch nach Rom ist doch irgendetwas faul. Ich rieche das. Und das war kurz vor dem ... vor dem äh ... Vorfall. Sie waren unmittelbar zuvor noch einmal beim Dekan, hat die Sekretärin gesagt. Und seien etwas verwirrt aus dem Zimmer gestürzt.«

Jakob stutzte. Sollte Mahler wirklich nicht ahnen, weshalb der Dekan ihn beurlaubt hatte? Das wäre ungewöhnlich. Dazu kannte er die Dienstordnung der Kirche zu genau. Eigenmächtig hatte Würthing sicher nicht gehandelt, dazu war er zu lange im Amt. Aber vielleicht war Mahler wirklich nicht informiert? Er dachte an Rachels Frage, ob er irgendetwas wisse, was ihm gefährlich werden könnte.

»Das Gespräch bleibt unter uns«, sagte Mahler vertraulich. Jakob blieb misstrauisch. Er schwankte zwischen Wahrheitstreue und Vorsicht.

»Wir hatten eine Meinungsverschiedenheit!«, log er drauflos.

»Hmmmm.« Er spürte, dass Mahler ihm nicht recht glaubte. Aber egal – er würde dem Vorgesetzten doch seine Beziehung zu Cora nicht auf die Nase binden. Sollte der doch anfangen. Insgeheim freute sich Jakob schon auf das erwartete Verlegenheitsgestotter. Viel konnte Mahler ja nicht wissen – dazu waren Cora und er zu vorsichtig gewesen. Gerüchte vielleicht, viel zu vage, um ihm jetzt einen Strick zu drehen. Außerdem – es war doch sowieso vorbei.

Warum er ausgerechnet in diesem Augenblick dachte, dass seine Liebe zu Cora der Vergangenheit angehörte, hätte er nicht zu sagen gewusst. Auf jeden Fall würde er sich heute Abend mit Rachel treffen.

»Bruder Erdmann!« Mahler musste gemerkt haben, dass er mit seinen Gedanken woanders war. »Sie haben doch eine verantwortungsvolle Aufgabe hier im Dekanat!«

»Na ja.« Jakob lachte verlegen.

»Vorsitzender im Finanzausschuss – das ist doch was. Sie verantworten doch Millionenbeträge.«

»Und?«, lauerte Jakob. Eigentlich hatte Mahler damit nichts zu tun. Er war Personalreferent, da hatten ihn doch eher Stellenbewertungen und das ganze Besetzungskarussell zu beschäftigen. Aber Finanzen? Irgendetwas stimmte nicht an diesem Gespräch. Dieser freundliche, fast einschmeichelnde Ton – Jakob kannte Mahler anders. Meist sachlich, ruhig, immer dann aber scharf, wenn er auf eine unangenehme Sache zu sprechen kam, ein Ton, der jeden Widerspruch im Keim erstickte. Und nun schien der Wolf Kreide gefressen zu haben. Sei vorsichtig, ermahnte Jakob sich selber.

»Ich würde gern Ihre persönlichen Ausschussunterlagen sehen«, riss Mahlers Stimme ihn aus den Überlegungen.

»Und wonach suchen Sie?« Jakob war ehrlich erstaunt.

Mahler antwortete nicht, stand auf, streckte ihm die Hand entgegen: »Passt es Ihnen morgen um zehn in Ihrem Pfarramt?«

Verlegenheiten

Als Jakob wenig später seine Wohnung aufschloss, hatte seine Verwirrung sich noch immer nicht gelegt. Irgendwie stieg Wut in ihm auf. Er hasste diese schwammigen Gespräche, in denen man immer nur Andeutungen zu hören bekam und sich so richtig abhängig fühlen musste. So, als sei man nicht vertrauenswürdig genug, bekam man immer gerade soviel Information, dass man sich nicht ganz unwissend fühlte – worum es aber wirklich ging, das blieb stets unklar. Dafür freundliche Gesten, aufmunterndes Lächeln, mal einen Klaps auf die Schulter, wir verstehen uns doch gut – Attitüden, nichts Greifbares. Jakob biss sich auf die Lippen. Jetzt einen Cognac.

Auf dem Anrufbeantworter war Rachel. Sie wollte ihn besuchen, abends gegen acht. Und mit ihm ausgehen. Wenn er sich nicht meldete, sie würde einfach bei ihm klingeln.

Jakob fuhr ein Schreck durch die Glieder. Was hatte sie sich nur gedacht? Abends beim Pfarrer klingeln – eine attraktive Frau wie Rachel! Abends um acht! Er lebte doch auf dem Präsentierteller. Morgen würde die halbe Gemeinde wissen, dass er Besuch empfangen hatte.

Wie konnte er Rachel das begreiflich machen – sie würde sicher wieder spöttisch lächeln, wenn er ihr die verzwickte Lage zu erklären versuchte, in der er sich befand. Aber wie sollte er ihr das erklären?

Jakob griff zum Telefon – und legte wieder auf. Am besten ging er bei ihr im Hotel vorbei. Während er sich den Mantel überwarf, beschloss er, ihr einfach die Geschichte mit seinem Untermieter zu erzählen. Er hätte ihn fast in Verruf gebracht. Eigentlich hatte er den Referendar nur aufgenommen, weil er Mitleid mit dem jungen Mann hatte. Er war aus seinem Zimmer rausgeflogen und suchte eine Bleibe. Jakob hatte eine große Pfarrwohnung. Warum sollte er nicht ein Zimmer abtreten?

Es wäre ja alles gut gegangen, hätte der junge Mann nicht gelegentlich seine Freundin mitgebracht. Die beiden vergnügten sich laut bei offenem Fenster – während er am Schreibtisch saß. Gewundert hatte er sich schon über die lauten Geräusche, die einem Schluchzen sehr nahe kamen. Irgendwann beim gemeinsamen Frühstück hatte der Referendar erzählt, seine Freundin habe herrliche Fesselungsfantasien – worunter Jakob sich nicht viel vorstellen konnte.

An einem der nächsten Tage hatte ihn seine Sekretärin angesprochen – er mochte die Frau gern, sie war stets freundlich und ehrlich, und so herrlich verlegen, wenn sie ihm etwas Unangenehmes zu sagen hatte. Aber mutig war sie. Sie wisse, dass er das wohl nicht sei, aber die anderen wüssten das sicher nicht. Da höre man durch den ganzen Innenhof das laute Stöhnen einer Frau – »Also wenn Sie mich fragen, ich kann mir denken, was da vor sich geht«, hatte sie gesagt, wobei ihr die Röte ins Gesicht gestiegen war. »Sie können sich ja nicht an Ihr Fenster stellen und rausrufen: ›Ich bin es nicht!‹« Aber die Leute redeten schon. Und weil seine Sekretärin die Stimme der Gemeinde war, musste Jakob sich überwinden und mit dem Referendar ein ernstes Wort reden. Der war ein wenig verlegen und faselte eine Entschuldigung. Das nächtliche Stöhnen jedenfalls hörte auf. Dennoch war Jakob erleichtert gewesen, als ihm der Referendar ein paar Wochen später sagte, er werde ausziehen, er habe ein anderes Zimmer gefunden.

Rachel war nicht im Hotel. Die Dame sei ausgegangen, sagte die Frau an der Rezeption. Wann sie wiederkomme, wisse sie nicht. Hastig kritzelte Jakob eine Nachricht auf ein Blatt Papier, Rachel sollte ihn anrufen, bevor sie käme – er würde sich mit ihr irgendwo treffen. Wo, wusste er selbst nicht genau.

Auf dem Heimweg versuchte Jakob Ordnung in seine Gedanken zu bringen. Er fühlte sich wie in einem Spiegelkabinett. Immer wenn er glaubte, er habe einen Weg gefunden, der weiterführte, stieß er an eine Spiegelwand. Da war zuerst dieses eigenartige Gespräch mit dem Dekan vor seiner Abreise nach Rom. Er glaubte den Grund zu wissen – aber offenbar war diese Vermutung, es gehe um seine Beziehung zu Cora, falsch. Oder mindestens nur halbrichtig. Dann die seltsame Verfolgung in Rom. Oder hatte er sich das nur eingebildet? Doch Rachel hatte den Verdacht ja bestärkt. Und dann der plötzliche Rückruf nach Heidelberg, der ungeklärte Tod des Dekans. Die merkwürdigen Fragen von Mahler. Der Verdacht, er wisse irgendetwas. Es musste was Wichtiges sein. Aber was? Was sollte er um Himmels willen wissen? Die Anspielung Mahlers auf seinen Vorsitz im Finanzausschuss – vielleicht war da irgendwas faul? Aber so sehr Jakob sich auch den Kopf zermarterte, ihm fiel nichts ein. Stundenlange Beratungen über einen Haushalt, der zwar einige Millionen umfasste – aber das Geld war ja schon weg, bevor es eingegangen war. Verplant, verbaut, investiert – so sehr, dass sich die Ausschussmitglieder gelegentlich wegen der Bitte einer Gemeinde um zwanzig neue Gesangbücher in die Haare bekamen. Doch irgendetwas musste er übersehen oder überhört haben.

Ich muss die Akten einsehen, beschloss Jakob. Eine Arbeit, die er hasste. Er war nicht Pfarrer geworden, um zu verwalten. Das hatte er ehrlich gesagt, als es im Kirchengemeinderat um die Wahl zum Vorsitz im Finanzausschuss ging. Ein Freund hatte seinen Namen auf die Kandidatenliste gesetzt, Jakob hatte nicht widersprochen. Er konnte ohnehin schlecht »Nein« sagen, und als er gebeten wurde, ein paar Worte zu seiner Kandidatur zu sagen, hatte er verlegen gestottert, bis eben dieser Freund aus dem Hintergrund rief: «Sag doch mal, was du nicht gut kannst!«

Wie aus der Pistole geschossen hatte Jakob gerufen: »Verwalten – das liegt mir nicht!« Die meisten Kollegen hatten das wohl für eine geistesgegenwärtige Selbstironie gehalten, jedenfalls stiegen seine Chancen durch das allgemeine Gelächter sprunghaft an, nur der Dekan hatte sich bei der Wahl der Stimme enthalten, alle anderen waren für Jakob.

Nun saß er in der Klemme. Was Mahler wohl mit der Anspielung auf seine verantwortungsvolle Aufgabe gemeint hatte?

»Guten Tag, Herr Pfarrer.« Eine schrille Stimme riss ihn aus den Gedanken. Du lieber Gott, das auch noch, schoss es Jakob durch den Kopf, laut sagte er: »Hallo, Frau Beerweiler!«

Frau Beerweiler war so etwas wie das Faktotum in der Gemeinde, trug das Gemeindeblatt aus und war zugleich selbst ein lebendes Gemeindeblatt. Sie trug alles, was sie irgendwo an Informationen aufschnappte, brühwarm weiter. Im Pfarramt nannten sie alle die »Stadtteilzeitung«, und sein Vorgänger hatte ihm bei Amtsantritt gesagt: »Lieber Bruder, wer in dieser Gemeinde A sagt, muss auch B...eerweiler sagen!«

»Wie war's in Rom?«

»Danke, schön!« Wer ihr das wohl wieder zugetragen hatte? »Ich hab's eilig! Geht's gut?« Jakob war, noch ehe sie antworten konnte, mit eiligen Schritten um die nächste Ecke gebogen.

✦

Kaum hatte er sein Amtszimmer betreten, da klingelte schon das Telefon. Rachel. »Ich sollte dich anrufen! Ist was passiert?«

»Nein, eigentlich nicht«, sagte Jakob zögernd. Und noch ehe er fortfahren konnte, überfiel ihn Rachel mit einem Redeschwall. »Aber bei mir. Du glaubst nicht, was ich erfahren habe. Ungeheuerlich, kann ich dir sagen. Aber jetzt nicht am Telefon. Bleibt's bei heute Abend?«

»Natürlich. Aber bitte – ich möchte dich im Hotel abholen.« Erleichtert hörte Jakob ihr »Wenn du willst – gern!«

Er rief seine Sekretärin an und meldete sich zurück – morgen würde er wieder mit der Arbeit beginnen. Ihre ungespielte Freude über seine Rückkehr machte ihm Mut. Sie war schon oft ein »Fels in der Brandung« gewesen, sie mochte ihn wie er sie auf eine freundliche, warme Art, stets auf Distanz, aber mit distanzierter Nähe, ohne Vertraulichkeit, zugewandt, eher still, aber immer aufmerksam – ein echter Schatz im Pfarramtsbüro. Ein warmes Gefühl der Dankbarkeit stieg in Jakob hoch, und irgendwie verschwanden seine Sorgen, als er unter der Dusche stand, waren wie weggespült.

Der Verdacht

Um 19.30 Uhr schwang Jakob sich auf sein Fahrrad und fuhr los – wie immer, wenn er abends verabredet war, in die genau entgegengesetzte Richtung aus der Gemeinde, hinaus in Richtung Felder. Wäre er in Richtung Innenstadt losgeradelt – hätte ihn sicher am nächsten Tag jemand gefragt, ob es denn schön war in der Stadt. So hatte man ihm über die Jahre eine Art Spleen angedichtet, er fahre an freien Abenden durch die Felder, lege sich irgendwo ins Gras und hänge seinen Gedanken nach. Nur wenn er ins Theater oder Konzert ging – dann steuerte er das Ziel direkt an. Heute schlug er einen weiten Bogen und kam von Norden in die Stadt zurück.

Rachel erwartete ihn schon ungeduldig. »Los, komm!« Sie zog ihn vor die Hoteltür zu einem Wagen. »Ich habe ihn gemietet – du wirst dich doch sicher nicht mit mir in der Stadt sehen lassen!«

Soviel Einfühlungsvermögen machte Jakob sprachlos. Er stieg ein, sie fuhr los.

»Wohin?«

»Den Neckar aufwärts, nach Schönau.«

Jakob liebte diese Gegend. Nicht nur der sanften Hügel und dichten Wälder wegen, die er immer zugleich vertraut und geheimnisvoll fand. Besonders zog ihn die Klosterruine an – ein weiträumiger Platz, gepflastert, am Kopf des Platzes der Blick auf die Kirche – der ehemalige Speisesaal der Zisterziensermönche, die sich hier im 12. Jahrhundert niedergelassen hatten.

»Das Kloster muss eine großartige Anlage gewesen sein.« Er redete einfach drauflos. »Eine gewaltige Kirche im Zentrum des Klosters, 84 Meter lang soll die dreischiffige romanische Basilika gewesen sein. Heute sieht man nur noch große Sandsteinplatten auf dem Boden – sie lassen die Größe der alten Klosteranlage noch erahnen. Ein paar alte Gebäude stehen noch, vor allem die so genannte ›Hühnerfautei‹, eine Art Wirtschaftsgebäude außerhalb des eigentlichen Klostergeländes – eines der wenigen vollständig erhaltenen Profangebäude des Hochmittelalters.«

Rachel sah ihn von der Seite an, sie war gerührt von der fast kindlichen Begeisterung, die Jakob erfasst hatte.

»Ich habe, als ich sie zum ersten Mal sah, die alten Putz- und Malschichten wie ein Weltwunder angestarrt, die dort zu sehen sind. Und in Gedanken habe ich die Mönche vor mir gesehen, wie sie da vor mehr als 700 Jahren gewirtschaftet haben, mühsam das tägliche Brot beschafft und doch Zeit finden konnte, Bilder zu malen und Verzierungen zu schaffen.«

»Und wer hat das Kloster dann zerstört?«, fragte Rachel neugierig.

»Das ist wieder etwas Besonderes – es ist auf recht friedliche Art zur Ruine geworden. Als die Pfalz zur Reformation übertrat, siedelte Kurfürst Friedrich III. 35 hugenottische Flüchtlingsfamilien in Schönau an – und die bauten nach und nach aus den behauenen Steinen der großen Gebäude ihre Wohnhäuser.«

»Irgendwie sympathisch«, reagierte Rachel auf seinen kleinen Ausflug in die Geschichte.

✦

»Und jetzt?«, fragte sie, als sie angekommen waren. Eigentlich hatte Jakob sich vorgenommen, ins alte Klostergasthaus zu gehen. Aber dann entschied er sich doch anders. Das Gasthaus schien ihm zu ungemütlich. Er führte Rachel zum »Pflug« – es sollte doch ein romantischer Abend werden. Hatte er sich gedacht.

Doch die Servierdame hatte noch nicht einmal die Speisekarten gebracht, da platzte es aus Rachel heraus. Sie habe am

Nachmittag eine interessante Begegnung gehabt. Mit einem Polizisten. Ja, hier in Heidelberg. Ein netter Typ. Irgendwann sei der mal mit einer Pilgerreise in Rom gewesen. Ja, katholisch. Das sei Jahre her, aber irgendwie habe er sympathisch gewirkt. »Fast ein Flirt.« Rachel lächelte spitzbübisch. »Und beim Abschied hat er mir eine Visitenkarte gegeben. Nur mit den üblichen Worten: ›Wenn Sie irgendwann mal nach Heidelberg kommen, besuchen Sie mich!‹«

Damals habe sie die Karte in die Handtasche gesteckt – und: »Weißt du, ich habe so eine Art Knopfkiste für kleine Erinnerungen, da habe ich sie herausgefischt, als ich wusste, dass ich mit dir nach Heidelberg reise. Man kann ja nie wissen!«

Jakob zog die Stirn kraus. Aber Rachel erzählte ungerührt weiter. Sie habe die ganze Sache mit den merkwürdigen Vorgängen in Rom und den Grund ihrer Reise erzählt, und – Rachel sah ihn direkt an – »stell dir vor, er ist bei der Kriminalpolizei. Ist das nicht unglaublich?«

»Ah«, kommentierte Jakob einsilbig.

»Er arbeitet in der Abteilung für Wirtschaftskriminalität.«

»Spannend.«

Rachel sah ihn fragend an. »Warum so ironisch?«

»Ein Aperitif?« Die Bedienung unterbrach die beiden.

»Nein, bitte nicht«, wehrte Jakob ab. »Ich möchte gern einen trockenen Weißwein. Weißburgunder am liebsten. Und du?«, wandte er sich Rachel zu. »Für mich auch!«

Kaum hatte sich die Bedienung entfernt, begann Rachel zu erzählen. Dass es gar nicht schwierig war, den Polizisten in der Behörde zu finden. Er habe sich wahnsinnig gefreut – dabei errötete Rachel leicht, sprach schneller weiter. Hartwig Koller hatte erst versucht, sie abends zu treffen, aber sie habe die Sache dringend gemacht – sie bräuchte seine Hilfe. Ob sie nicht einfach bei ihm vorbeikommen könne.

»Er hat nicht einen Augenblick gezögert!«, verkündete Rachel stolz.

»Hätte ich auch nicht, bei dir!« Jakob schien genervt, aber Rachel ließ sich nicht beirren. Natürlich habe sie zuerst erzählt, dass sie aus besonderen Gründen nach Heidelberg gekommen sei – und die ganze Geschichte in Rom fand er abenteuerlich. Aber als sie den Namen des Dekans nannte, der Jakob nach Rom geschickt hatte, sei er plötzlich sehr interessiert gewesen. »Er hat sich eingehend nach dir erkundigt!« Das klang fast wie eine Rechtfertigung.

»Ich habe natürlich nicht sehr viel erfahren – aber doch soviel, dass ihm der Name Würthing in irgendeinem Zusammenhang bekannt ist.«

»Wer in Heidelberg sollte den Namen des Dekans nicht kennen«, konterte Jakob. »Hat Herr, Herr ... «

»Koller.« Rachel hatte ihre Verlegenheit ganz überwunden.

»Hat Herr Koller nichts Näheres über den Zusammenhang gesagt«, lenkte Jakob ein.

»Keine – darüber hat er nichts verraten. Aber er hat gesagt, er würde gern mit dir sprechen.«

Und das habe mehr als nur nebenbei gesagt geklungen, setzte Rachel hinzu. »Ich finde die Sache ungeheuer spannend. Du solltest Hartwig unbedingt anrufen – gleich morgen früh.«

Sie kannte ihn offenbar doch näher – aber Jakob wischte den Gedanken gleich wieder weg. Warum interessierte ihn das überhaupt? Er schlug die Speisekarte auf.

»Was möchtest du essen?«, fragte er über den Rand der Karte hinweg.

»Salat. Irgendwas Frisches. Bist du sauer?« Sie strich ihm mit dem Finger über die Stirn. Wie damals in Rom, fuhr es Jakob durch den Kopf, und wünschte sich im Stillen, mit Rachel irgendwo weit weg zu sein, in den Vogesen auf einer Wiese oder in Timbuktu – bloß weg von dieser klebrigen, undurchsichtigen Geschichte, von der er nichts wusste als soviel, dass sie nur unangenehmer werden konnte.

»Du siehst heute Abend hinreißend aus!«, versuchte er das Thema zu wechseln. Sie schob ihre Hand über den Tisch und klopfte zärtlich auf seine Finger: »Noch einen Satz, Jakob. Ich glaube, wenn dieser Fall Würthing aufgeklärt ist, lösen sich auch deine Unklarheiten. Du musst morgen zu Koller gehen, versprichst du mir das?«

Jakob hätte in diesem Augenblick alles Mögliche versprochen, er war schon tief ins Smaragdgrün ihrer Augen eingetaucht.

Es wurde ein wunderschöner Abend. So schön, dass Jakob alle Vorsicht über Bord warf und sie in seine Pfarrwohnung mitnahm. Sollten die Leute doch reden.

Erste Spur

Noch als er mit Rachel beim Frühstück saß, rief Mahler bei ihm an. Er müsse ihn dringend sprechen. Jakob verfluchte sich, dass er ans Telefon gegangen war. Er müsse erst ins Büro – vielleicht gebe es dringende Termine, wollte er Mahler abwehren, er werde gleich zurückrufen. Mahler aber wollte nur den verabredeten Termin absagen, er werde sich wieder melden. Jakob durchfuhr ein Schreck. Den Termin hatte er völlig vergessen.

Manches erledigt sich auch von selbst auf glückliche Weise, dachte Jakob erleichtert. Dann rief er seine Sekretärin an – sie war eben dabei, ins Büro zu gehen. »Ich komme gegen zehn Uhr, ich habe noch ein dringendes Gespräch!«

»Verstehe!«

Das hörte sich an, als müsse er ihr das erklären, aber er widerstand. »Ich bin um zehn Uhr da, okay?«

»Ist gut.« Irgendetwas in ihrem Ton reizte ihn, aber er blieb ruhig. »Ich muss zur Polizei, also dann!«, und legte auf, noch bevor er hören konnte, dass sie tief einatmete.

✦

Die Unterredung mit Hartwig Koller im Kriminalamt war nur kurz. Koller setzte sich gar nicht erst. »Eigentlich befasse ich mich hier eher mit Bilanzen und Betrügern, ich kann Ihnen wenig weiterhelfen, aber kommen Sie doch mit!« Er führte Jakob gleich zu einem Kollegen, den er als Kommissar Arnim vorstellte und der die Ermittlungen im Fall von Würthings Selbstmord leitete. Jakob fand den Kommissar nicht unsympathisch. Kurze, graue Haare, buschige Augenbrauen über warmen, braunen Augen, einen kleinen Spleen schien er zu haben – er trug eine Tweedjacke mit Weste, gelb und braun kariert, sah irgendwie schottisch aus. Das kahle Dienstzimmer wirkte durch ihn sogar einladend. Arnim eröffnete das Gespräch, kaum dass Jakob sich auf den hellbraunen Nachkriegsstuhl gesetzt hatte. »Wollen Sie mir helfen?«

»Wobei?« Jakob war ehrlich erstaunt.

»Ihr Dekan hat sich nicht selbst umgebracht!« Arnims Ton war ernst.

Jakob räusperte sich. »Das habe ich schon vermutet!«

Arnim zögerte kurz.

»Das passt nicht zu ihm!«, setzte Jakob rasch hinzu.

»Etwas Ähnliches haben Sie wohl Rachel gegenüber schon gesagt!« Koller grinste. »Eine wunderbare Frau, nicht?« Und nach einer kleinen Pause: »Sie sind ein Glückspilz!«

Arnim gab Jakob keine Gelegenheit zu antworten, sah ihn weiter fragend an, und als Jakob »Gut!« sagte, begann Arnim mit einem knappen »Zur Sache!« zu erzählen. Es gebe einige Ungereimtheiten beim Tod von Dekan Würthing. Nicht nur, dass er der Meinung sei, dieser Mann sei zu fromm gewesen, als dass er seinem Leben selbst ein Ende gesetzt hätte. So gut habe er ihn gekannt – aber das könne man immer noch dahingestellt sein lassen. Es gebe darüber hinaus ein paar Verdachtsmomente, die rein sachlicher Art seien.

»Ich kann vertraulich mit Ihnen sprechen?«, sicherte Arnim sich ab. Was er dann zu sagen hatte, überraschte Jakob wirklich.

»Würthing hat sich nicht selbst erhängt. Er ist aufgehängt worden. Ich habe den Obduktionsbericht gerade erst bekommen. An einen Selbstmord habe ich schon vorher nicht geglaubt. Der Mann muss schon bewusstlos gewesen sein, als er sich den Strick um den Hals gebunden hat. Merkwürdig, nicht? Der Pathologe hat außerdem in seinem rechten Arm den Einstich einer Spritze gefunden. Eine genaue Untersuchung, also ob ihm etwas gespritzt wurde bzw. was, steht noch aus.«

»Aber er könnte doch ...«, wollte Jakob einwenden.

»Nein, nein, nicht was Sie denken. Den Strick um den Hals gelegt und dann die Spritze gesetzt? Dann müsste erstens jemand da gewesen sein, der die Spritze fein säuberlich beseitigt hat. Außerdem wären die Strangulierungsflecken ein wenig anders. Kein Mensch, der mit dem Erstickungstod kämpft, bleibt schlaff wie ein Sack am Strick hängen – entschuldigen Sie die drastische Ausdrucksweise. Und dann: Eine Todesspritze hätte er sich doch besorgen können, das alles passt nicht zusammen.«

»Aber wer soll ihn denn umgebracht haben? Und dazu noch auf diese eher stümperhafte Weise die Spuren verwischt haben?«

»Genau wegen dieser Frage möchte ich ja mit Ihnen sprechen!«, lehnte Arnim sich vor. »Sie haben ihn kurz vor seinem Tod besucht, er muss sich danach sehr aufgeregt haben, so sagte seine Sekretärin. Ist Ihnen irgendetwas aufgefallen?«

Die Frage erinnerte Jakob an Mahler. Nein, aufgefallen sei ihm nichts, er sei viel zu sehr mit sich selbst beschäftigt gewesen. Es ging um irgendeine persönliche Meinungsverschiedenheit. Jakob hielt es für das Beste, bei der einmal gewählten Version zu bleiben.

»Meinungsverschiedenheit.« Arnim ließ das Wort auf der Zunge zergehen.

Jakob hielt es für besser, das Thema zu wechseln. »Weiß irgendjemand zur Zeit davon, dass Würthing ermordet wurde?«

»Nein. Ich halte es für klüger, wenn wir darüber zunächst schweigen. Und zwar sowohl gegenüber der Kirchenleitung als auch gegenüber den Angehörigen. Sie haben mich verstanden?«

»Haben Sie einen Verdacht?«

»Ja.« Arnim dehnte das Wort so sehr, dass Jakob nicht weiter in ihn drang. »Wir reden später darüber, einverstanden?«

Koller schaltete sich in das Gespräch ein. Sein Ton war scharf, als er fragte: »Kennen Sie einen Herrn Berger näher?« Jakob erschrak.

»Den Architekten?«
Koller nickte. »Genau den!«
»Näher wäre übertrieben«, zögerte Jakob. Er versuchte Zeit zu gewinnen und die freundliche Miene seines Gegenübers zu deuten. Nein – von seiner Beziehung zu Cora konnte Arnim einfach nichts wissen. Oder doch? Arnim lehnte sich zurück.

»Und seine Frau?«

»Ich habe sie auf einem Seminar kennen gelernt.«

»Näher?«, fragte Arnim gleichmütig und beugte sich wieder nach vorn. Jakob versuchte seiner Stimme einen ruhigen Klang zu geben: »Wie man sich eben auf einem Seminar kennen lernt. Ein Schwätzchen in den Pausen, Small Talk in den wenigen Stunden, die bei einem vollen Programm übrig bleiben. Warum fragen Sie?«

Arnim räusperte sich und schwieg. Koller schien verlegen, er sah Jakob nicht an. Dann stand Arnim unvermittelt auf und streckte Jakob die Hand entgegen. »Ich danke Ihnen. Darf ich Sie anrufen?«

Wieder draußen auf dem kahlen Flur schüttelte Jakob ärgerlich den Kopf. Warum hatte er nicht auf einer Antwort bestanden? Und wobei sollte er eigentlich helfen? So hatte doch das Gespräch eigentlich begonnen. Warum war er immer so naiv und fiel auf jede freundliche Geste herein? Eben wandte er sich zum Gehen, da steckte Koller noch einmal den Kopf aus der Tür: »Rom ist wunderbar – finden Sie nicht?«, und verschwand wieder. Er musste mit Cora sprechen. Aber wie?

✦

Als er im Pfarramt ankam, stürzte er sich in die Arbeit. Nach seinem überstürzten Aufbruch war vieles liegen geblieben. Seine Sekretärin hatte ihm die Geburtstagsliste obenauf gelegt – schon befiel ihn das vertraute Unwohlsein in der Magengegend. Er schaffte die Besuche nie ganz. Manchmal wählte er nach dem Zufallsprinzip aus, riskierte dabei Beschwerdeanrufe. Wie vor wenigen Wochen. Da war ein Mann 90 geworden – Jakob kannte weder Namen noch Adresse. Warum sollte er den Mann besuchen? Schon am nächsten Tag war seine Tochter am Telefon gewesen. Warum er ihren Vater nicht zum Geburtstag besucht habe – »Sie besuchen doch alle über 70, wenigstens bei den runden Geburtstagen.« Vorwurfsvoller Unterton. Da hatte er sich aufgerafft und eine halbe Stunde später vor der Tür des Jubilars gestanden. Ein Fläschchen Wein unter dem Arm, stellte er sich vor.

»Meine Tochter hat Sie wohl angerufen? Ich habe keine Verbindung zur Kirche!«, sagte der Alte abweisend. »Aber wenn Sie schon mal da sind – kommen Sie rein!«

Es wurde ein wunderbarer Nachmittag – der Alte erzählte munter drauflos, und Jakob amüsierte sich. Am meisten rührte ihn die Szene, die dem Alten noch in der Erinnerung die Augen feucht werden ließen.

Er sei Rektor der Volksschule gewesen, gleich um die Ecke. Eine vierte Klasse habe er damals gehabt. Immer, wenn eines der Kinder Geburtstag hatte, konnte es sich etwas wünschen. Der kleine Klaus hatte einen besonderen Wunsch: Ob er seinen Freund aus Afrika mitbringen dürfte. Natürlich.

»Wissen Sie, ich bin Anhänger der Erlebnispädagogik gewesen – und was hätte mir Schöneres passieren können, als einen Vormittag lang einen Afrikaner leibhaftig in der Klasse zu haben. Es kam alles anders. Am nächsten Morgen kam Klaus ins Klassenzimmer – an seiner Hand ging Albert Schweitzer. Der war damals schon knapp achtzig. Und erzählte, Klaus habe ihm jeden Monat 50 Pfennige von seinem Taschengeld nach Lambarene überwiesen. Da habe er ihm als Dank versprochen, er werde ihn besuchen, wenn er einmal nach Heidelberg komme.

Und jetzt sei er da. Es wurde ein spannender Vormittag. Und dann kam die größte Überraschung. Als der Vormittag zuende ging, fragte Schweitzer mich: ›Können Sie Noten lesen?‹ Natürlich konnte ich. Damals konnte man doch gar nicht Volksschullehrer werden ohne Notenkenntnisse. ›Dann könnten Sie mir heute Abend beim Orgelkonzert die Noten umblättern!‹ So hat mir der kleine Klaus mit seiner Taschengeldspende ein unvergessliches Erlebnis spendiert.«

An der Tür hatte sich der alte Rektor herzlich verabschiedet. »Sie scheinen ja ein ganz normaler Mensch zu sein!« – was Jakob für einen Augenblick glücklich machte. Obwohl er später darüber grübelte, warum ein Mensch auf die Idee kommen konnte, dass Pfarrer in der Regel offenbar nicht zu den normalen Menschen gezählt werden konnten.

Irgendwie fühlte Jakob sich wie gelähmt. Er konnte sich an keinen Abend erinnern, an dem ihn nicht das Gefühl beschlichen hatte, er tue zu wenig. Dabei galt er als ein recht guter Pfarrer. Meinte jedenfalls seine Sekretärin. Jakob seufzte.

Als habe sie ihn durch die Wand gehört, klopfte im gleichen Moment seine Sekretärin. Sie brachte einen Brief. Absender: Würthing. Mit fliegenden Fingern riss Jakob den Brief auf. Er kam von der Frau des Dekans.

»Lieber Bruder Erdmann«, stand da, und dann irgendwas davon, dass sie wisse, dass ihr Mann Jakob sehr geschätzt und gewünscht habe, dass er seine Beerdigung übernehme. *»Wir haben uns oft darüber unterhalten, wie das sein wird, wenn einer von uns stirbt. Er hat große Feiern immer gehasst, und wir haben uns vor einiger Zeit ein Grab im Odenwald, in Heiligkreuzsteinach, gekauft. Es ist der Heimatort meines Mannes – und wir hatten beschlossen, dort unsere letzte Ruhe zu finden. Schlagen Sie mir meine Bitte nicht ab. Vielleicht fürchten Sie Schwierigkeiten mit der Kirchenleitung, weil mein Mann noch aktiv war. Aber seien Sie*

beruhigt, ich habe dem Bischof bereits den Wunsch meines Mannes mitgeteilt. Dagegen wird er nichts einwenden wollen. Würden Sie mich bitte bald anrufen?«

Eigentlich mochte Jakob Beerdigungen gar nicht. Sie kosteten ihn Überwindung, jedes Mal. Dabei müsste er sich eigentlich daran gewöhnt haben. Es gab Wochen, in denen er drei- oder viermal zum Friedhof musste. Aber Routine waren die Trauergottesdienste für ihn immer noch nicht geworden. Jedes Mal suchte er neu nach Worten für seine Ansprache, er hasste Formeln – außer den liturgischen. Die waren ehrwürdig und hatten darum etwas Unpathetisches.

Ein älterer Kollege, den er einmal wegen dieser Problematik um Rat gefragt hatte, hatte nur mit den Schultern gezuckt. Er wisse sich auch nicht gut zu helfen. Aber er habe vier Grundmodelle, gegliedert nach Bildungsstand und gesellschaftlicher Bedeutung. Da füge er die persönlichen Daten der Toten ein – und dann ergebe sich schon die richtige Mitte zwischen persönlicher Ansprache und der geistlichen Pflicht, am Grab zu reden. »Routine hat auch etwas Gutes«, hatte er Jakob beschieden, aber mit diesem Kollegenrezept kam er doch nicht zurecht.

Und nun Würthing. Einerseits fühlte Jakob sich geehrt. Da hatte der Alte doch mehr von ihm gehalten, als er selbst glaubte. An ein Zeichen solch tiefer Sympathie konnte er sich auch bei angestrengtem Nachdenken nicht erinnern. Aber Würthing hatte nie mit Lob um sich geworfen. Er hatte zu der Sorte Geistlicher gehört, die die Pflicht obenan stellen und kein Aufhebens darum machen.

Andererseits: Ganz wohl war ihm nicht bei dem Gedanken, ausgerechnet den Dekan zu beerdigen. Die halbe Kirchenleitung würde da sein, dazu eine Menge Kollegen. Eine geballte Ladung potenzieller Kritiker. Natürlich – sagen würde keiner etwas. Aber gerade das war ja das Gemeine. Echolose Reden.

Aber es war Dienst – da hatte der alte Dekan schon Recht. Er würde den Dienst übernehmen. Und der persönliche Wunsch des Alten war ihm wichtiger als alle Bedenken.

Ob Mahler wohl kommen würde? Heiß durchfuhr es Jakob – er sollte sich ja bei ihm melden und wollte sich vorher noch die Akten ansehen. Er würde eine Ausrede brauchen, jetzt war keine Zeit für Aktenkram.

Apropos Mahler: Warum hatte der ihm im Gespräch bloß gesagt, es gebe keine Anzeichen für Fremdeinwirkung beim Tod Würthings? Gut, Arnim wollte auch die Kirchenleitung zunächst im Unklaren lassen. Mit einem Mal erschien es Jakob merkwürdig, dass er selbst von der Kriminalpolizei etwas erfahren hatte, was seine Vorgesetzten nicht wissen sollten. Eigentlich hätte Mahler ja der Erste sein müssen, der von dem Verdacht der Polizei erfahren hätte. Wahrscheinlich würde sich das von selbst klären, versuchte Jakob sich zu beruhigen. Aber es gelang ihm schlecht.

Zwischenspiel

Zu Hause wartete ein Brief von Margret auf ihn. Er war dick, versprach Unangenehmes. Jakob legte ihn erst unschlüssig beiseite, raffte sich aber dann doch auf. Seitenweise Klagen. Sie habe Cora doch geraten, einfach nach Rom zu fahren. Sie sei weinend zurückgekommen. Er wisse wahrscheinlich schon, warum. Nächtelang hätten sie vorher diskutiert, Cora sei entschlossen gewesen, sich von ihrem Mann zu trennen. Und – »als Freundin darf ich mir einen Rat wohl erlauben« – er müsse dringend mit Cora selbst sprechen. Sie sei noch in ihrem Ferienhaus im Schwarzwald. Es sei doch nicht fair von ihm, die ganze Beziehung einfach im Sande verlaufen zu lassen. Schließlich habe er ihr Hoffnung gemacht – und wenn sie nicht ganz falsch liege, sei er doch auch ganz glücklich gewesen. Und als Pfarrer – ein wenig Sorgfalt in Beziehungsangelegenheiten traue sie ihm schon zu.

Typisch Frau, dachte Jakob und merkte im gleichen Augenblick, dass er mit einem Allerweltsargument seine Schuldgefühle zum Schweigen bringen wollte. War ihre Beziehung wirklich so ernst gewesen?

War sie schon – bis er Rachel kennen gelernt hatte. Da wurde alles anders. Irgendwie spürte Jakob auch Erleichterung bei dem Gedanken, mit Cora sei es wohl aus. Keine Heimlichkeiten mehr, Gedanken an eine gemeinsame Zukunft hatte Jakob ohnehin immer weggeschoben. Eine geschiedene Frau im Pfarrhaus – das wäre keine Lösung gewesen, die ohne Blessuren abgegangen wäre. Und die Kirchenleitung – wie die wohl reagiert hätte? Berger war für die Kirche – zumindest in Heidelberg – eine gute Adresse. Schon seit fast zwanzig Jahren hatte Berger beste Kontakte zur Kirche. Er galt als kirchentreues Gemeindeglied, war lange im Ältestenkreis seiner Ortsgemeinde gewesen, anfangs noch als Bauingenieur bei der Stadt. Dann hatte er sich selbstständig gemacht und die Gemeinden in vielen Bauangelegenheiten beraten. Und in den letzten Jahren hatte er zahlreiche Bauaufträge bekommen und diese stets zuverlässig und gut ausgeführt. Jakob schüttelte den Kopf: Wenn Berger von dem Verhältnis erfahren hätte und die Konsequenzen ziehen würde – niemand würde ihm, Jakob, abnehmen, dass er nicht der Scheidungsgrund sei. Mit Sicherheit hätte er beim Bischof erscheinen müssen. Das Gespräch wäre natürlich unter dem Siegel der Verschwiegenheit geführt worden. Aber angenehmer wäre es dadurch wohl kaum gewesen, dazu kannte er die Usancen zu gut.

Er würde Cora schreiben, noch heute Abend. Und was? Die Wahrheit natürlich, das war klar. Aber welche Wahrheit? Dass er wegen des Verhältnisses mit ihr vom Dekan nach Rom geschickt worden war? Dass er dort verzweifelt versucht hatte, sie zu erreichen – vergeblich? Aber das waren keine Gründe, mit denen er das Ende ihrer Liebe beschreiben konnte. Oder sollte er einfach wie ein echter Macho reagieren? Ich habe eine andere Frau kennen gelernt – Ende, Äpfel, aus? Das hatte Cora nicht verdient. Er sah schon – mit dem Brief würde es nicht so schnell was werden. Nach Freudenstadt fahren? Aber wie? Dann müsste er Urlaub nehmen, unmöglich, jetzt, vor der Beerdigung Würthings. Und später? Die Zwangspause in Rom hatte ihn genug Zeit und Energie gekostet – er musste vorerst im Dienst bleiben. Erst mal eine Nacht darüber schlafen – das war das Beste. Aber morgen – bestimmt morgen, da würde er eine Lösung gefunden haben. Dabei fiel ihm der Spruch eines genervten Kollegen ein, der ihm, als er nach zwei Wochen auf eine freundliche Anfrage noch immer nicht reagiert hatte, eine Karte schickte mit dem Spruch: »Die lange Bank ist des Teufels liebstes Möbelstück.« Jakob musste dem Kollegen

Recht geben, aber die Zahl seiner »langen Bänke« wurde und wurde nicht kleiner.

◆

Am späten Nachmittag klingelte er an der Wohnung von Würthing. Der älteste Sohn öffnete – Pfarrer wie er – und bat ihn herein. Es wurde kein langes Gespräch. Frau Würthing sagte fast nichts, die beiden Söhne führten das Wort, überreichten Jakob die Wünsche ihres Vaters – er hatte alles peinlich genau festgelegt. Merkwürdig fand Jakob das kleine persönliche Wort, das Würthing schriftlich an ihn gerichtet hatte – offenbar hatte sein Entschluss, ihn zu bitten, schon länger festgestanden.

»Lieber Bruder Erdmann, Ihre Geradlinigkeit bei der Ausrichtung des Wortes habe ich immer geschätzt. Sie ist mir schon bei Ihrer ersten Predigt aufgefallen. Bleiben Sie so – auch dann, wenn Sie Erfolg zu haben scheinen. Wir sind nicht dazu da, gelobt zu werden. Das größte Lob, das uns treffen kann, lautet: Er hat's recht gemacht. Legen Sie bitte bei meiner Beerdigung das Wort aus Matthäus 6 aus: ›Gebt Acht auf eure Gerechtigkeit, dass ihr sie nicht vor den Menschen übt, um von ihnen beschaut zu werden; sonst habt ihr keinen Lohn bei eurem Vater im Himmel.‹ Sie werden's recht machen.« Darunter kein Gruß, nur der Name: *»Würthing«*.

◆

Es wurde ein schlichtes Begräbnis auf dem Dorffriedhof in Heiligenkreuzsteinach. Kein Posaunenchor, kein Kirchenchor, auch letzte Grußworte der Kirchenleitung hatte Würthing sich verbeten mit dem schlichten Satz: »Ich gehe, wie ich kam.« Nur ein einziger Umstand bei der Beerdigung irritierte Jakob. Die Tatsache, dass Rachel neben Koller und Arnim unter den Trauergästen stand. Er hatte sie nicht benachrichtigt, aber offenbar war sie von den beiden mitgenommen worden.

Nach der Trauerfeier erwartete sie ihn am Hinterausgang der Kapelle, nahm ihn sanft in den Arm. »Ich kam gar nicht mehr an dich heran – geht es dir gut?« Ihre leise Stimme versöhnte ihn rasch, er nickte und musste mit den Tränen kämpfen.

»Können wir uns heute Abend sehen?«

»Ja, bitte.« Seine Stimme klang rau, als er antwortete.

Wende

Es wurde ein eigenartiger Abend. Jakob hatte Rachel mit gemischten Gefühlen erwartet – irgendwie würde er über die Zukunft sprechen müssen. Das wurde ihm langsam klar. Aber es war so vieles ungeklärt – und bevor er sich nicht selbst Klarheit verschafft hatte, würden aus den Gesprächen mit Rachel nur Luftschlösser herauskommen, bunte Seifenblasen in schönen Farben, die irgendwann kaum hörbar zerplatzen würden.

Es kam ganz anders. Rachel betrat seine Wohnung gar nicht, sie schlug noch an der Tür vor, gemeinsam essen zu gehen. »Ich habe ein paar Neuigkeiten für dich – und einen Vorschlag. Aber dazu brauchen wir neutralen Boden.«

Sie war immer so bestimmt, das zog Jakob unwiderstehlich an. Er selbst war oft unschlüssig, wusste nicht, was er tun sollte – und wartete darum häufig ab. Rachel packte zu, das war ein Charakterzug, der ihm fehlte. Nicht, dass er sich treiben ließ – aber oft wartete er mit Entscheidungen so lange, bis eine Situation sich geklärt hatte – und dann handelte er. Ein Chaot in der Lebensplanung, aber ein Genie in der Improvisation, so hatte ein Freund ihn einmal wohlwollend beschrieben.

»Wir zwei wären eine ganz gute Mischung!«, sagte er halblaut vor sich hin.

»Mischung?« Rachel blieb stehen. »Was meinst du damit?«

»Ach, nur so – ich habe laut vor mich hingedacht.«

Als sie im Hotel angekommen waren, war schon ein Tisch reserviert – Rachel hatte offenbar gar nicht damit gerechnet, dass er sich gegen ihren Vorschlag entscheiden könnte.

Ohne Umschweife eröffnete Rachel das Gespräch mit der Feststellung, er habe sich wohl gewundert, dass sie bei der Beerdigung mit Arnim und Koller erschienen sei. Das habe einen guten Grund.

In knappen Worten berichtete Rachel, dass sie schon am Vormittag zu Koller gegangen sei, um ihn um Hilfe zu bitten. Der habe sie dann aber auch direkt mit den Worten an Arnim verwiesen, dass der für diesen Fall zuständig sei. Und dem habe sie dann alle Einzelheiten erzählt – ihre Begegnung in Rom, wie sie beauftragt worden sei, Jakob zu überwachen, den seltsamen Überfall in den Katakomben, den Rückruf durch Mahler. Und natürlich habe sie etwas angedeutet über seine Beziehung zu Cora Berger. Arnim sei gar nicht erstaunt gewesen über diese Zusammenhänge. Er habe sich über die Hintergründe schon ein eigenes Bild gemacht. Viel habe er bislang nicht in Erfahrung bringen können, aber einiges deute darauf hin, dass hier eine dunkle Geschichte ablaufe.

Jakob war nicht wohl bei Rachels Bericht.

»Und wobei soll er uns helfen?«

»Das war nur eine Finte – es kam, wie ich vorausgesehen hatte – er bittet *uns* um unsere Hilfe.«

»Und wobei könnten wir ihm helfen?«

»Zuerst möchte er gern eine Kopie der Akten aus dem Finanzausschuss – die kannst du doch leicht beschaffen, oder?«

»Woher weißt du das?« Jakob war überrascht.

»Ich habe schlicht zwei und zwei zusammengezählt«, sagte Rachel betont gleichgültig. »Mir kam deine Geschichte mit der Beurlaubung sehr bald komisch vor. Ich kenne mich nicht in der Kirche aus – aber ich kann mir nicht vorstellen, dass eine Beziehung zu einer Frau – ganz gleich, ob der Mann nun Geistlicher ist oder nicht – so rasches und entschlossenes Handeln auslöst. Zudem gäbe es keinen Grund, dich in Rom zu überwachen. Weil Coras Mann eifersüchtig ist? Ein schwacher Grund – und wenn er dich beseitigen wollte, dann hätte er in Heidelberg bessere Gelegenheiten dazu gehabt. Also steckt mehr dahinter. Was, das werden wir schon herausbekommen. Also kopiere bitte die Akten für den Kommissar!«

»Das ist nicht so einfach, wie du es dir vorstellst« – aber sein Protest war schwach. Natürlich, die Akten gehörten zu den vertraulichen Unterlagen, aber schließlich war Arnim Polizist – und gefährliche Geheimnisse konnten ja nicht in den Akten stecken.

»Nicht schon wieder!« Rachel sah ihn offen an, ihre Augen funkelten streitlustig. »Du bist manchmal wie ein Grießbrei, blubberst vor dich hin, es passiert irgendwas Aufregendes – und das kommt bei dir an, als rühre man mit einem Quirl im Brei. Er zieht eine kurze Spur – und schon läuft der Brei wieder zusammen und lässt sie verschwinden. Du musst endlich aktiv werden!«

»Hat Arnim Näheres über den Tod von Würthing gesagt?«, versuchte Jakob abzulenken. Aber der Schuss saß. Der Abend schien sich ins Unangenehme zu wenden. Gott sei Dank beharrte Rachel jetzt nicht auf diesem Thema.

»Ja – auch das ist eine sehr merkwürdige Sache. Irgendwie scheint Berger da mit drin zu stecken, Arnim fragte mich nach dem Mann – ich habe natürlich wenig sagen können. Der noch so kleinste Hinweis könnte weiterhelfen, hat Arnim gesagt und erzählt, du seiest ihm gegenüber nicht sehr gesprächig gewesen.«

»Ich kopiere die Akten – können wir jetzt über uns sprechen?«

»Eine zweite Bitte habe ich noch. Ich habe Arnim auch von dem Mord an dem jungen deutschen Pfarrer in Rom erzählt – vor zehn Jahren. Er hat sich erinnert, ein Fall, der ohne konkretes Ergebnis abgeschlossen worden sei. Die Polizei habe viele Spuren verfolgt, sei aber nirgends fündig geworden. Schließlich sei man davon ausgegangen, der junge Pfarrer sei eher zufällig Opfer einer Gewalttat in Rom geworden, denn auch die italienische Polizei hatte keine Zusammenhänge erkennen können. Er habe auch die Mutter des Ermordeten besucht. Sie schien seit dem unerklärlichen Tod ihres Sohnes wie versteinert. Er meinte, für dich sei es doch eine leichte Aufgabe, die Mutter einmal zu besuchen und mit ihr zu sprechen. Vielleicht bekommst du etwas aus ihr heraus. Nun könne man vielleicht doch einen Zusammenhang mit den jüngsten Ereignissen finden. Du bist doch Seelsorger, du kannst vielleicht mehr erreichen.« Aus ihrer Handtasche kramte sie einen Zettel mit einer Adresse hervor und gab ihn Jakob.

»Gisela Morgenthal« las er, die Adresse war Waldwimmersbach, ein kleiner Ort im Odenwald, nicht weit von Heidelberg. Jakob steckte den Zettel in sein Jackett, murmelte irgendetwas vor sich hin.

»Du besuchst die Frau doch, oder?«

Jakobs »Ja« klang unwillig, dann sagte er energisch: »Und jetzt reden wir über uns!«

Sie sprachen. Lange und ausgiebig. Und nicht nur im Restaurant. Rachel nahm ihn mit auf ihr Hotelzimmer.

✦

Als Jakob zu Hause ankam, dämmerte schon der Morgen. Er war noch gar nicht müde, wollte sich gleich daranmachen, die Akten zu kopieren. Er hatte sie immer in der kleinen Aktentasche, die er zu Sitzungen mitzunehmen pflegte – da stopfte er unter der Woche immer die neuesten Eingaben dazu – dann fehlte ihm nichts bei der nächsten Sitzung. Und die Aktentasche stand neben seinem Schreibtisch – aber sie war leer.

Die Akten waren verschwunden. Ob er sie herausgenommen hatte? Aber wozu? Bearbeitet hatte er sie nicht – und wenn, hätten sie bestenfalls auf dem Papierberg auf seinem Schreibtisch ganz oben gelegen – einen Aktenordner übersieht man nicht leicht. Aber der war wirklich nicht mehr da, so intensiv Jakob auch suchte.

Es musste jemand in seiner Wohnung gewesen sein. Spuren fand er keine. Einen Ersatzschlüssel hatte lediglich seine Sekretärin – falls die Tür einmal ins Schloss gefallen war oder der Schornsteinfeger in die Wohnung musste und er nicht da war.

Sollte sie ...? Doch Jakob verwarf diesen Gedanken rasch, das war unmöglich. Aber einen Schlüssel musste der- oder diejenige benutzt haben, wer auch immer in seine Wohnung eingedrungen war. Spuren eines gewaltsamen Eindringens hätte er sehen müssen – und beide Schlösser waren zweimal zugeschlossen – so wie er die Wohnung vor seiner Reise nach Rom verlassen hatte.

Ob seiner Sekretärin etwas aufgefallen war? Sie versorgte die Blumen. Und das zweimalige Umschließen könnte durchaus von ihr stammen – sie war immer sehr sorgfältig.

Die wenigen Stunden im Bett verbrachte Jakob unruhig.

Als er am späten Vormittag ins Pfarrbüro kam, hatte das »Guten Morgen« seiner Sekretärin eine Betonung, die ihm eine Erklärung abzunötigen schien. An anderen Tagen hätte er nicht widerstehen können – an diesem Tag aber hatte er kein Ohr für solche feinen Töne.

»Haben Sie irgendjemanden in meine Wohnung gelassen?«

»Nicht, dass ich wüsste.« Sie wurde leicht rot. »Ist irgendwas?«

»Ja – ich finde eine Akte nicht.«

»Sind Sie sicher, dass sie nicht hier im Schrank ist?«

»Ja!« Jakob war ärgerlich – gelegentlich hatte sie ihn schon wegen seiner »genialen« Ordnung, wie sie es nannte, aufgezogen, sein Büro nannte sie manchmal ein »Bermudadreieck«, und auch diesmal meinte er den fragenden Unterton zu vernehmen. »Ich hatte sie in meiner Aktenmappe neben meinem Schreibtisch, sicher!«

»Ich kann mir nicht vorstellen, wie sie da verschwinden kann.« Seine Sekretärin hatte nun wieder zu einem natürlichen Ton zurückgefunden.

Das Rätsel der verschwundenen Akte ließ sich an diesem Tag nicht lösen. Er versank wieder in die Stimmung, die Rachel »Grießbrei« genannt hatte.

◆

Eine Wende trat erst am Wochenende ein. Jakob hatte am Samstag eine Trauung – ein Anlass, der ihm eigentlich immer Freude machte. Sogar die Trauansprache fiel ihm leicht – den Trauspruch hatte er meist schon im Gespräch mit dem Brautpaar ausgewählt. Und meistens verstand er es, den Brautleuten die Befangenheit zu nehmen, mit der sie sein Amtszimmer betraten. Gelegentlich spielte er mit dieser Unsicherheit, indem er tadelnd die Brauen hochzog, wenn auf seine Frage, ob sie denn schon zusammenwohnten, ein leises »zwei Jahre« kam – mit dem entschuldigenden Zusatz: »Wir haben eben sehen wollen, ob wir zusammenpassen!« Für gewöhnlich schwieg er dann eine Weile, was die Unsicherheit noch erhöhte – um dann zu sagen: »Und nach so kurzer Zeit wollen Sie schon heiraten?« Was meistens den Bann brach und eine sehr persönliche Atmosphäre schuf.

Das Paar, das er am Samstag trauen sollte, war ihm aus verschiedenen Gründen sehr nahe. Er kannte die Braut aus seiner Studienzeit – und sie hatte sich ihm sehr auffallend ins Gedächtnis zurückgebracht. Eines Sonntags, als er nach dem Gottesdienst die Besucher wie üblich an der Kirchentür mit Handschlag verabschiedete, kam eine große blonde Frau, für eine Gottesdienstbesucherin ein wenig zu auffällig geschminkt, strahlend auf ihn zu und fiel ihm um den Hals.

»Ich bin die Monika, kennst du mich noch?«

Er war rot geworden, nicht nur weil sein Gedächtnis im Augenblick nicht so recht mitmachen wollte, sondern auch aufgrund der Tatsache, dass er im Talar in der Menge der Besucher stand, die sich bei der unbekümmert lauten Frage der Frau umdrehten und zusahen, wie sie ihn umarmte.

Die Verlegenheit wich, als sie ihm Helmut vorstellte und genauso laut sagte: »Wir möchten gern, dass du uns traust!«

Erst später erinnerte er sich an Monika – sie war mit ihm im selben Seminar gewesen, aber als Reiseleiterin – so finanzierte sie damals nebenher ihr Studium – war sie nicht regelmäßig gekommen. Darum hatte er sie wohl rascher vergessen als andere Mitstudenten.

Der Trauspruch, den er mit den beiden abgesprochen hatte, stand im Galaterbrief, im fünften Kapitel. Er liebte diesen Vers, er hatte ihn deshalb sogar selbst noch einmal übersetzt und dabei mühsam Wörterbücher und Kommentare gewälzt. Mit dem Ergebnis war er ganz zufrieden, auch wenn die Verse sich vom wörtlichen Sinn entfernt haben könnten. Er begann zu arbeiten. *»Ihr seid ja zur Freiheit berufen. Doch seht nun zu, dass die Freiheit nicht eurer Selbstsucht die Bahn freigibt, sondern dient einander in Liebe. Denn das ganze Gesetz ist in einem Satz erfüllt: ›Du sollst deinen Nächsten lieben wie dich selbst.‹ Doch wenn ihr euch gegenseitig beißt und fresst, dann seht nur zu, dass nicht einer vom anderen aufgefressen wird.«*

Beim ersten Satz schon blieb er hängen. *»Ihr seid zur Freiheit berufen.«* Eigentlich, so dachte er, spürte man diesen Ruf nach Freiheit lebenslang. Jedenfalls war es ihm so ergangen. Nach dem Kindergarten in die »große Schule« – da lernte man endlich etwas Richtiges. Dann nach dem Abitur: endlich studieren, da begann doch die Freiheit erst richtig. Natürlich war dann alles ganz anders, die »große« Freiheit wollte sich nicht einstellen, und trotzdem: er hörte den Ruf bis heute. Als er

Pfarrer wurde, verspürte er ihn auch – und wieder war er in Abhängigkeiten geraten. Von Freiheit war jetzt wenig zu spüren. Irgendwie hatte Paulus ja Recht, wenn er den Ruf zur Freiheit in die Nächstenliebe münden ließ. »Freiheit« musste wohl in der Mitte liegen zwischen der Abhängigkeit von anderen Menschen und der völligen Unabhängigkeit. Die führte doch nur in die Einsamkeit. Oder verstand er die Verse zu wenig im geistlichen Sinn? Ein Zitat von Luther fiel ihm ein – eine der wenigen Erinnerungen, die ihm im Rückblick den Konfirmandenunterricht wirklich wertvoll gemacht hatten. »*Ein Christenmensch ist ein freier Herr über alle Dinge und niemandem untertan.*« Ein toller Satz – und eine unglaubliche Vorstellung. Damals traf dieser Satz ihn mitten ins Herz. Und was hatte er daraus gemacht?

Jakob legte den Füllhalter zur Seite, mit dem er seine Predigten zu schreiben pflegte – der Geruch der Tinte regte ihn immer an, Kugelschreiber hasste er und fand sie für die hohen Ziele einer Predigt zu vulgär.

Eigentlich fand er sich viel zu passiv. Wirklich wie ein »Grießbrei auf dem Herd«. Da hatte Rachel Recht. Er musste aktiver werden, sein Leben entschlossener in die Hand nehmen! Er würde zwei Wochen frei nehmen und sich ganz auf den Mord an Würthing konzentrieren. Und auf Rachel. Er spürte, dass er sie brauchte, um mit sich selbst voranzukommen.

Seine Gedanken schweiften weit ab von der Trauung und vom Brautpaar – eine ausgeschriebene Predigt brachte er nicht mehr zustande, hatte nur ein paar Stichworte hingeschrieben, aber er spürte nicht diese eigenartige Unruhe, die ihn sonst beim Predigtschreiben befiel. Was konnte schon schief gehen? Er würde sich hinstellen und reden, die Paulusverse mit seinen Erinnerungen an den Ruf der Freiheit, und dabei auch davon sprechen, dass in dem Moment, in dem man einen anderen Menschen lieben lernt, der Ruf der Freiheit am deutlichsten zu hören ist. Und war die Liebe zu einer Frau oder einem Mann nicht auch eine besondere Weise der Nächstenliebe, die zugleich befreite und abhängig machte – eigentlich der Idealfall für die Verbindung beider Empfindungen?

✦

Als Jakob dann am Samstag zur Kirche ging, fühlte er sich hervorragend. Und zum ersten Mal sprach er frei und ohne die Stichworte auch nur einmal anzusehen.

Entscheidungen

Der nächste Tag war randvoll. Nach dem Gottesdienst fühlte sich Jakob nicht ausgelaugt wie sonst an Sonntagen, an denen er predigen musste. Er setzte sich gleich an den Schreibtisch, beantragte seinen Urlaub, rief einen Kollegen an, ob der ihn in den kommenden zwei Wochen vertreten könne, und schrieb eine Nachricht an die Sekretärin. Selbst der Brief an Cora ging ihm leicht von der Hand. Es wurde ein knapper, klarer Abschiedsbrief. Freundlich, doch Jakob warb mit keinem Wort um Verständnis. Auch erwähnte er Rachel nicht, Cora sollte nicht erst auf falsche Gedanken kommen. Sie hatten keine gemeinsame Zukunft, das war ihm in den vergangenen Tagen sehr klar geworden.

Mit Rachel hatte er sich erst für den Dienstagabend verabredet. Er brauchte erst einmal Zeit.

Am Nachmittag rief er einen pensionierten Kollegen an, der lange in Heidelberg Pfarrer gewesen war. Er bräuchte seinen Rat. Wie Jakob auf die Idee gekommen war, diesen Mann anzurufen, konnte er selbst nicht recht sagen. Doch er hatte das Gefühl, dass ein Schlüssel für die Vorgänge in der Vergangenheit liegen könnte. Er kannte den Kollegen nicht besonders gut, hatte während des Studiums ein paar Mal seine Gottesdienste besucht und ihn als guten Prediger geschätzt – und als er seinen Dienst in Heidelberg aufgenommen hatte, hatte er ihn gelegentlich als Feuerwehr zur Gottesdienstvertretung gebeten und nie eine Absage bekommen. Der Kollege hatte praktisch sein gesamtes Berufsleben in Heidelberg verbracht, er würde sich an vieles erinnern können, was längst der Geschichte angehörte – vielleicht auch an einen Pfarrer aus Heidelberg oder der Umgebung, der vor etwa zehn Jahren verschwunden und in Rom tot aufgefunden worden war. Er verabredete sich mit ihm für den nächsten Tag – am besten nach dem Mittagsschläfchen, morgens habe er Arzttermine, sagte ihm der Pensionär.

Den nächsten Brief schrieb er an den Personalreferenten. Er sei noch nicht dazu gekommen, die Akte durchzusehen, werde das aber in den nächsten Tagen sicher tun. Im Augenblick sei er stark aufgewühlt von der Beerdigung Würthings und brauche ein paar Tage Zeit, um sich zu sammeln.

Dann versuchte er noch einmal, die Nacht zu rekonstruieren, in der er von der Sitzung zurückgekommen war. Nein, verlegt haben konnte er die Akte nicht, das wurde ihm immer klarer. Es musste jemand in seiner Wohnung gewesen sein. Und zwar mit einem Schlüssel. Der Vermieter schied aus – das war eine Stiftungsstelle der Evangelischen Kirche – die kündigte Besuche ordnungsgemäß an und davon hätte auch seine Sekretärin gewusst. Im Übrigen hätte sie dann ja auch aufschließen müssen.

Vielleicht war es Eingebung, dass er an der Wohnungstür über ihm klingelte. Dort lebte ein Kollege, Religionslehrer an einem Gymnasium, mit seiner Familie. Jakob umriss kurz seinen Verdacht, fragte nach, ob der Kollege etwas bemerkt habe, irgendeine Person, die während seiner Abwesenheit in Rom im Hausflur gewesen sei. Aber der hatte nichts bemerkt. Nur der Mann, der die Verdunstungsmesser an den Heizungen abgelesen habe – der sei da gewesen. Undenkbar, dass ausgerechnet der sich an seiner Aktentasche zu schaffen gemacht habe. Und warum hatte seine Sekretärin nichts gesagt – sie musste ihm doch die Wohnung aufgeschlossen haben?

Das Rätsel war keines. Als Jakob bei ihr nachfragte, stellte sich rasch heraus, dass sie tatsächlich nichts gewusst hatte – ihre Mutter hatte den Ableser in die Wohnung gelassen.

Also hatte doch jemand während seiner Abwesenheit die Wohnung betreten. Er würde am nächsten Tag beim Vermieter nachfragen, wer die Verdunstungsmesser abgelesen habe. Viel Hoffnung machte Jakob sich nicht, auf eine heiße Spur gestoßen zu sein. Wichtiger war ihm das Gespräch mit dem pensionierten Kollegen. Jakob sollte sich nicht täuschen.

✦

Als er am nächsten Nachmittag mit der Straßenbahn Richtung Westen fuhr, überlegte er krampfhaft, wie er das Gespräch beginnen sollte. Eigentlich hatte er keine konkrete Frage, zudem konnte er nicht davon ausgehen, dass der pensionierte Kollege den verschwundenen Pfarrer überhaupt kannte oder gar nähere Umstände wusste – wenn er überhaupt darüber reden würde. Als er vor der Tür des kleinen Reihenhauses stand und die Klingel drückte, stand sein Entschluss fest: Er würde einfach drauflos fragen. Es war mindestens drei Jahre her, dass er den Kollegen zuletzt gesehen hatte. Aber er erinnerte sich gut an einen recht humorvollen und gelegentlich bissigen kleinen Mann mit strähnigen Haaren. Besonders die dicke Unterlippe, die leicht herabhing, war ihm im Gedächtnis geblieben. Sie gab seinen Worten stets einen etwas rotzigen Unterton, als wische er im gleichen Moment beiseite, was er gesagt hatte. Zusammen mit der Unterländer Dialektfärbung eine amüsante Mischung. Den konnte nichts aus der Ruhe bringen, dachte Jakob damals.

Durch die geschlossene Tür hörte Jakob irgendetwas fallen, dann einen lauten Fluch – und dann wurde die Tür weit aufgerissen. Der kleine alte Mann streckte ihm die Hand hin. »Kommet se nur nei«, waberte die Unterlippe, dabei blickten Jakob zwei ungleiche Augen an – das eine groß und durchdringend blau, das andere halb verborgen unter einem herunterhängenden Lid. »Aber basset se uff, do stoht der Schirmständer, über den bin isch grad gestolpert.« Drehte sich um und hinkte voraus. »Mer wird immer blöder, je älter mer isch.«

Er bot Jakob einen alten, abgewetzten Ledersessel an, ging zum Schreibtisch, ein wuchtiger Eichenschreibtisch, der gut ein Drittel des kleinen Zimmers einnahm, das bis unter die Decke mit Bücherregalen vollgestopft war. Ächzend bückte er sich, öffnete eine Tür, richtete sich dann wieder halb auf und fragte schräg über die Tischkante hinweg: »Hennessy oder Rémy Martin?«

Eigentlich wollte Jakob ablehnen, aber die Frage des Pensionärs schien überhaupt kein »Nein« zuzulassen.

»Und – hawwet se Sorge?«, fragte der Alte, nachdem er einen kleinen Schluck aus einem der Schwenker genommen hatte, die er auf einem kleinen Tablett aus dem Schreibtisch herausgeholt hatte. Offenbar eine Art Ritual – wer hatte schon im Schreibtisch eine Flasche Cognac gleich mit Gläsern auf einem Tablett stehen?

Der Alte schien seine Gedanken zu erraten. »Allein schmeckt mir der Cognac net. Drum die zwei Gläser. Also schiesset se los.«

Jakob begann zu erzählen. Das Vertrauen, das ihm der Alte einflößte, öffnete ihm den Mund. Die Beurlaubung, Rom, die merkwürdigen Vorfälle dort, die Bemerkung Rachels über den jungen verschwundenen Pfarrer, die verschwundenen Akten. Der Alte hörte ihm schweigend zu, nur gelegentlich räusperte er sich oder fuhr sich mit dem Handrücken über den Mund. Wie lange Jakob gesprochen hatte, hätte er nicht sagen können, irgendwann hatte sich sein Stoff erschöpft, er hielt inne. Der Alte räusperte sich wieder, sagte aber nichts. Statt dessen nahm er sein Cognacglas, nippte und schwieg weiter.

Dann, nach einer Weile, murmelte er: »Schlimm, schlimm. Un jetzt?«

Jakob sah den Alten mit offenem Mund an. Das herunterhängende Lid zuckte leicht, gab das Auge darunter aber nicht frei. Das andere Auge war in die Ferne gerichtet, Jakob suchte den Blick zu fassen, aber es gelang ihm nicht. Es schien, als sehe der Alte durch ihn hindurch, auf irgendetwas anderes, weit entrücktes.

»Wo sind Sie jetzt Pfarrer?« Das war reines Schriftdeutsch. Ob er sich nicht mehr erinnerte, dass Jakob sich gestern bei der telefonischen Verabredung ausführlich vorgestellt hatte? Geduldig wiederholte er seine Auskunft vom Vortag.

»Ach, da ist der Mangold nicht mehr da, soso!«

Das war sein Vorgänger, schon vor vier Jahren pensioniert. Aber das musste der Alte doch wissen! Doch der sagte nur, als Jakob auch dies unwillig richtig stellte: »Wie die Zeit vergeht!« Und dann, nach einer kleinen Pause: »Da macht man was mit, wenn man alt wird.«

Jakob setzte neu an. Ob er sich denn erinnere an den jungen Pfarrer, der vor zehn Jahren verschwunden sei. Morgenthal. Vergeblich, der Alte schien in einer anderen Welt zu weilen. Geistesabwesend klopfte er mit den Fingern der rechten Hand auf das Leder der Armlehne, langsam, Finger für Finger, erst mit dem Daumen, dann dem Zeigefinger, und wenn er am kleinen Finger angekommen war, wieder zurück. Das leise Klopfen war das einzige Geräusch, was zu hören war. Jakob war wie gelähmt. Der Alte war anscheinend dement. Und die Hoffnung, etwas von ihm erfahren zu können, was ihn in seiner eigenen Geschichte weiterbringen konnte, war offensichtlich vergeblich.

In dem Augenblick, als Jakob sich entschlossen hatte zu gehen, geschah etwas Unerwartetes: Der Alte stemmte sich unvermittelt aus dem Sessel, schlurfte zu einem der Bücherregale, murmelte vor sich hin: »Isch glaub, isch hab do was für Sie!« Das war wieder der Slang von vorhin. Er zog ein grün gebundenes Buch heraus und reichte es Jakob. Der kannte das Format – es war eines der Bücher, die man von der kirchlichen Druckerei beziehen konnte – »Abkündigungen« stand auf dem

Titel, Halbleinen, gebunden, leere Blätter darin. Nur dass auf diesem Exemplar die Silbe »Ab« mit einem dicken schwarzen Filzschreiber durchgestrichen war. Nun hieß der Band: »Kündigungen«.

»Des sin meine Erinnerunge.« Vor zwölf Jahren habe er begonnen, so manches aufzuschreiben, was ihm aufgefallen war – in Sitzungen, im Dienst, in der Verwaltung, sagte der Alte. Und setzte hinzu: »Leset se das mol!«

Unschlüssig schlug Jakob das Buch auf, blätterte durch – es mussten an die hundert Seiten sein, eng beschrieben mit einer sorgfältigen, kleinen Schrift, sie wirkte wie von einem Intellektuellen – aber so hatte Jakob den Alten eigentlich nicht eingeschätzt.

Wieder schien dieser seine Gedanken zu erraten. »Des sin nit die Memoire vun em alde Droddel, isch hab nur genau uffgschriwwe, was isch denk. Irgendwo muss mer jo Recheschaft ablege.« Dann hob er sein Glas, prostete Jakob zu und sagte entschlossen: »Des wars erscht mol. Rufet se widder o, wenn se des glese hawwe.« Mit diesen Worten stand er auf, Jakob schien keine Wahl zu bleiben als zu gehen, auch er erhob sich und ließ sich zur Tür begleiten. Dort streckte der Alte ihm die Hand hin und seufzte: »Jetz isch mer besser!« und »Machet ses gut!«

◆

Ein mageres Ergebnis, dachte Jakob, als die Tür hinter ihm ins Schloss gefallen war und er draußen stand. Erinnerungen eines alten Pfarrers – nein, danke. Um nichts anderes würde es in diesem grünen Buch gehen, das hatte ihm der erste Blick auf einige Seiten schon verraten.

Andererseits – hatte er irgendeine andere Spur, eine Idee, wie er weiterkommen könnte? Bei der Rückfahrt in der Straßenbahn wurde ihm klar: Allein würde er nicht weiterkommen. Vielleicht fiel Rachel etwas ein? Aber unter ihrer Nummer meldete sich niemand.

◆

Fast widerwillig nahm Jakob das grüne Buch zu Hause zur Hand, überflog es – viele für ihn unwichtige Details aus dem Pfarreralltag, Seelsorgefälle mit wörtlichen Protokollen, eine Frau etwa, deren Sohn sich umgebracht hatte und die wegen ihrer Schuldgefühle zum Pfarrer gekommen war. Jakob las sich fest. Der Alte schien früher ein guter Seelsorger gewesen zu sein. Und ein passabler Psychologe. Das verriet die Schlussbemerkung, die er unter das Gesprächsprotokoll mit dieser Frau notiert hatte: »Mütter neigen leicht zu Allmachtsfantasien. Sie verwechseln die Verantwortung, die sie einmal für ihr Kind übernommen haben, leicht mit den Schuldgefühlen, sie hätten etwas gegen die Verzweiflung unternehmen können, die ihre Kinder befallen hatte, wenn sie nur rechtzeitig reagiert hätten.« Von einem weiteren Gespräch allerdings war nichts zu lesen.

Jakob blätterte weiter. Originelle Begebenheiten bei einer Beerdigung. Da hatte der Vorsitzende des Gesangvereins am offenen Grab dem Sangesbruder letzte Worte gewidmet, in der einen Hand den Hut, in der anderen den Kranz, den er niederlegen wollte. Mit einem kräftigen »Schlammere sunft!« beendete der aufgeregte Mann seine Rede und warf dem Dahingeschiedenen seinen Hut ins Grab nach.

Jakob musste in sich hineingrinsen. Der Alte war auf den Pfarrkonventen immer ein guter Erzähler gewesen, hatte voller Anekdoten gesteckt.

Unschlüssig ließ Jakob zehn, zwanzig Seiten durch die Finger gleiten – nichts, was in irgendeinem Zusammenhang mit dem Vorfall stehen konnte, der Jakob interessierte.

Plötzlich entdeckte er eine Seite, die anders aussah als die übrigen. Offensichtlich flüchtiger geschrieben, größere Buchstaben, lange nicht so sorgfältig wie die Geschichtchen, die der Alte offenbar am Abend oder an freien Tagen wie eine Art inneres Tagebuch säuberlich festgehalten hatte.

»Dienstag, 16. August. Abends langes Gespräch mit A. Der schien sehr aufgeregt. Wollte von mir wissen, ob ich irgendetwas über die letzten Ausschreibungen für den Bau eines neuen Gemeindehauses in S. wisse. Ich wusste nichts Näheres, aber offenbar A. Was da im Busch war, damit rückte er nicht heraus. Ich hatte das Gefühl, er will mich aushorchen. Dann: Ob ich den jungen Kollegen T. kenne. Wie zuverlässig der sei. Ich kannte T. als zuverlässigen jungen Kollegen. A. ging überhaupt nicht darauf ein. Eine fahrige Unterhaltung, ohne roten Faden. Warum er mich wohl dringend sprechen wollte? Irgendwas ist merkwürdig.«

Dann, in derselben hastigen Schrift, eine kurze Notiz: *»Donnerstag, 18. August. Erfahre eben, dass T. tot sein soll. Urlaub in Rom. Es trifft meist die Guten. A. weiß sicher mehr, als er mir sagen wollte. Da stimmt was nicht.«*

Warum der Alte nur die Namen abgekürzt hatte. Sicher Anfangsbuchstaben, das war klar. Aber wer war A.? Jakob kramte nach dem Pfarrerkalender, den er immer auf dem Schreibtisch liegen hatte. Da waren alle badischen Theologen notiert, schön alphabetisch, mit Geburtsdatum, Ordinationsdatum, es war sogar darin verzeichnet, wer Mitglied im Pfarrverein war.

Jakob suchte unter A. Der einzige, der als Kollege des Alten in Heidelberg gewesen sein konnte, war ein gewisser Altdorfer. Der hatte damals einen harten Streit mit seinem Organisten – eine neue Konzertorgel wollte der, die jedoch viel zu groß und zu teuer war. Altdorfer hatte dagegen gehalten. Jakob erinnerte sich dunkel an die Auseinandersetzung, die damals sogar durch die Zeitungen gegangen war.

Er rief den Kollegen an, der inzwischen in einem kleinen Ort im Südschwarzwald residierte – Fehlanzeige. An ein Gespräch mit dem Alten über einen T. oder das neue Gemeindehaus erinnerte Altdorfer sich überhaupt nicht. Er habe wenig mit dem Kollegen zu tun gehabt, versicherte ihm Altdorfer, und an einen gemeinsamen Abend unter vier Augen könne er sich gar nicht erinnern. Das klang glaubhaft. Vielleicht sollte er den pensionierten Kollegen noch einmal aufsuchen?

An diesem Abend meldete Rachel sich nicht. Offenbar war sie ausgegangen, denn auch im Hotel war sie nicht, dort hatte Jakob den ganzen Abend versucht sie anzurufen.

Ein Brief

Das Rätsel von Rachels Abwesenheit löste sich am nächsten Morgen. Jakob war spät aufgestanden, wirre Gedanken hatten ihn lange nicht einschlafen lassen. Erst in der Morgendämmerung fand er erschöpft ein, zwei Stunden Ruhe. Als er endlich aus dem Bett sprang, der Ohnmacht des ausgestreckt auf dem Rücken Liegens regelrecht entfliehend, steigerte sich seine Unschlüssigkeit noch. Er vermisste das feste Korsett seines Berufes. Da würden auf seinem Schreibtisch Telefonnummern warten, dahinter die Menschen, die ihn irgendwie brauchten. Und seine Sekretärin würde ihn ungeduldig an Termine erinnern – er würde schimpfen, aber insgeheim doch froh sein, sich nützlich zu machen. Im Augenblick brauchte ihn niemand – und er war nicht einmal sicher, ob er sich selber brauchte.

Selbst das Duschen, das sonst seine dunklen Gedanken wegspülte, half an diesem Morgen nicht. Bedrückt setzte er sich an seinen Schreibtisch, sortierte die Papiere, die sich gewöhnlich aufhäuften – Briefe, manche ungeöffnet, weil sie unangenehme Inhalte versprachen, die Rechnungen auf einem anderen Stapel, er pflegte nur einmal im Monat seine Überweisungen zu schreiben. Das musste reichen.

Sortieren war freilich mehr ein guter Vorsatz. Er sah die Berge durch und stapelte sie zunächst einmal schlicht um. Dann starrte er wieder vor sich hin, sah absichtslos aus dem Fenster. Gegenüber saß der alte Mann wieder in seinem Auto, er konnte den weißen Haarschopf sehen – reglos. Irgendwann hatte er dessen Frau zu irgendeinem Geburtstag besucht, und die hatte ihm den Spleen ihres Mannes verraten. Kaum ein Tag verging, an dem er nicht kurz nach dem Frühstück verschwand – und sich ins Auto setzte. Oft vier, fünf Stunden lang. Und nichts anderes tat als Leute zu beobachten. Wann die junge Mutter zweier

Kinder aus dem Haus gegenüber vom Kindergarten zurückkam, wie lange sie im kleinen Lebensmittelladen an der Ecke blieb, was es wohl zu Mittag gab, je nachdem, ob gerade eine Lauchstange aus dem Einkaufskorb herausragte oder eine Ladung Obst obenauf lag, wahrscheinlich gab es dann Grießbrei. Manchmal sah er auf die Uhr, wie lange die alte Dame aus dem Erdgeschoss diesmal brauchte, um die Straße zu überqueren – sie ging stets diagonal über die Kreuzung, ohne nach rechts oder links zu sehen. Passiert war ihr noch nie etwas, selbst die Straßenbahnführer hielten an, ohne ihre schrille Klingel zu drücken, wenn die Weißhaarige mit kurzen Schritten über die Gleise trippelte.

War er eigentlich so viel anders als der sonderliche Alte im Auto? Die Hausklingel riss ihn aus den Grübeleien. Er öffnete die Tür und hörte von unten den Ruf: »Post, Herr Pfarrer!«

Flüchtig blätterte Jakob das Paket Briefe durch. Eine Bücherrechnung. Das Pfarrerblatt. Eine Drucksache von der Kirchenleitung – die beförderte er gleich in den Papierkorb. Dann ein dicker Brief. Ohne Absender, die Adresse offenbar eilig geschrieben. Große Buchstaben, mit schönen Schwüngen. Klar, ohne Schnörkel, aber doch von einer Harmonie, die selbst die Eile nicht vertreiben konnte. Er kannte diese Schrift nicht.

Er riss den Brief auf. Er kam von Rachel. Aufgeregt begann Jakob zu lesen.

»Amore mio!« Jakob schloss die Augen und versuchte sich den Klang ihrer Stimme ins Ohr zu rufen, aber seine Neugier trieb ihn voran. *»Wahrscheinlich hast du versucht, mich zu erreichen. Ich bin für ein paar Tage nach Rom zurückgeflogen. Am Telefon konnte ich dir das nicht sagen, ich hätte nicht die richtigen Worte gefunden. So schreibe ich dir kurz vor meiner Abreise.*

Was mich getrieben hat, in Rom alles stehen und liegen zu lassen und dich einfach nach Heidelberg zu begleiten, kannst du dir vielleicht denken. Aber ich bin kein Mensch, der nicht ein eigenes

Leben gehabt hätte, bevor wir uns getroffen haben. Ich habe nur ein paar Tage frei genommen, eine Freundin gebeten, meine Katze zu versorgen und die Blumen zu gießen. In meiner kleinen Wohnung an der Piazza Navona habe ich mich wohl gefühlt – du hast sie nie zu Gesicht bekommen. Ich weiß bis heute nicht warum.

Ich musste zurück, weil ich weiß, dass mein Leben in Rom dem Ende entgegengeht. Den Job als Fremdenführerin hatte ich nur übernommen, weil ich mit meinem Lehrauftrag als Kunsthistorikerin an der Universität in Rom nicht genügend Geld verdiente, um davon leben zu können.

Ich weiß noch nicht, wie es weitergeht. Nicht mit mir, nicht mit uns. Aber ich bin fest entschlossen, nach Heidelberg zu gehen. Ich habe dort schon einen Professor besucht und sehe die Chance, eine Stelle zu bekommen – freilich erst im nächsten Semester. Aber ich brauche auch Zeit, um mich von Rom zu verabschieden. Den Job als Fremdenführerin habe ich bereits gekündigt.

Nicht, dass du denkst, ich setzte nun alles auf eine Karte, Jakob. Ich bin keine Fünfundzwanzig mehr und glaube darum nicht an den Traummann, der mein Leben auf den Kopf stellt und den ich darum unbedingt haben muss. Aber bei der Begegnung mit dir ist mir klar geworden, dass ich mein Leben Tag um Tag an mir vorbeirinnen ließ. Rom war immer ein Traum für mich, darum bin ich nach dem Ende meines Studiums dorthin gezogen. Das ist jetzt zwölf Jahre her. Es ist an der Zeit, meinem Leben eine neue Richtung zu geben. Und die heißt nicht mehr Rom. Sie heißt auch nicht Jakob. Das magst du missverstehen. Daran kann ich nichts ändern, ich möchte es auch nicht. Meine Richtung heißt zuerst: Ich will Fuß fassen an der Uni in Heidelberg, und ich werde das auch schaffen. Dass du in Heidelberg lebst und wir uns nahe sein werden, ist für mich auf diesem Weg in mein neues Leben ein unfassliches Geschenk.

Wenn du diesen Brief liest, werde ich in Rom schon wieder die Koffer packen. Meine Freundin wird meine Katze zu sich nehmen, die Wohnung werde ich erst einmal noch behalten. Meine Ersparnisse reichen aus, mir für eine gewisse Zeit zwei Wohnungen zu halten – eine in Rom, die andere in Heidelberg. Du hilfst mir doch sicher bei der Suche?

Bitte rufe mich am Donnerstagmorgen im Hotel an. Ich umarme dich und freue mich auf unser Wiedersehen. Rachel.«

Als Jakob den Brief zu Ende gelesen hatte und sinken ließ, schloss er die Augen. Rachel erschien ihm plötzlich in einem neuen Licht. Bislang hatte er sie wie ein brüchiges Geländer empfunden, ein Geländer, weil sie der einzige Mensch war, erst in Rom und dann in Heidelberg, dem er sich hatte anvertrauen können. Brüchig, weil sie ihm immer wieder Rätsel aufgab und er nicht wusste, welche Rolle sie in diesem Spiel um sein Leben übernommen hatte oder übernehmen wollte. In diesem Brief aber trat ihm eine Frau gegenüber, die klare Entscheidungen für sich traf. Und die ihn zugleich eine Nähe spüren ließ, die er nie zuvor empfunden hatte.

Die Akte

Den Tag darauf füllte Jakob mit Tätigkeiten aus, zu denen er sich lange keine Zeit genommen hatte. Zuerst hatte er sich zu konzentrieren versucht, aber seine Gedanken schweiften immer wieder ab. Am besten würde er sich einfach beschäftigen, beschloss er. Er räumte die Papierberge in seinem Arbeitszimmer auf, begann die Wohnung zu putzen, als würde er Besuch erwarten. Manchmal hielt er mitten in der Arbeit inne, weil er ein leises Ziehen in sich spürte. Rachel fehlte ihm, das musste wohl der Grund für das Ziehen sein. Er war froh, dass sie morgen wieder in Heidelberg sein würde. Den Abend vergeudete er vor dem Fernseher, am liebsten hätte er einen Liebesfilm angesehen – aber es wurde keiner angeboten. So zappte er unschlüssig von Programm zu Programm, schaltete schließlich enttäuscht aus und ging zu Bett.

✦

Er würde sich mit Rachel verabreden, dachte Jakob, als er am nächsten Morgen unter die Dusche stieg. Ihm war, als habe sein Leben sich zum Guten gewendet. Warum sollte er sich den Kopf über die Ereignisse in Rom und die ungelösten Rätsel in Heidelberg zerbrechen? Eigentlich war er doch gut davongekommen – und seine persönliche Lage hatte sich durch die Unterbrechung in Rom eher geklärt. Mehr noch: Er fühlte sich frei und glücklich. War das nicht wichtiger, als hinter irgendwelchen Vermutungen herzulaufen?

Als er sich beim Rasieren im Spiegel ansah, wurde ihm klar, dass er in den vergangenen Wochen immer nur an sich gedacht hatte. Er hatte gar nicht recht wahrnehmen wollen, dass neben ihm ein anderer Mensch ebenso hart mit Entscheidungen gekämpft hatte wie er. Oder noch härter? Er selbst hatte im Grunde nichts zu verlieren, lebte in gesicherten Verhältnissen, riskierte nichts. »Egoist«, sagte er seinem Spiegelbild, aber das verzog keine Miene. Ihm fiel die Bemerkung eines alten Pfarrers ein, den der Supervisor im Predigerstift einmal zu einem Seelsorgeseminar der jungen Vikare eingeladen hatte. Er sollte aus seinen Erfahrungen berichten. Jeder Beruf habe seine eigene Gefahr, die »Déformation professionelle«, sagte der Alte, und die sei bei Seelsorgern eine ganz besondere. Er wolle das einmal so sagen: Die Gefahr für einen Seelsorger drohe vor allem daher, dass der Seelsorger mehr für seine eigene Seele sorge als für die anderer Menschen. Er bildet sich ein, er sei der große Helfer, und vergisst darüber, dass er eigentlich um die Seelen anderer Sorge tragen müsste.

Er würde ein Auto mieten und Rachel zu einer Fahrt ins Elsass einladen. Wissembourg. Dort spazieren gehen, mittags gut essen – und warum nicht einfach dort bleiben, über Nacht oder eben solange es ihnen gefiel? Er nahm die Tasse Kaffee mit an den Schreibtisch, vor elf Uhr frühstückte er nie, es sei denn bei besonderen Gelegenheiten wie mit Rachel neulich. Aber vier, fünf Tassen Kaffee brauchte er morgens.

Rachel war wach – noch ein wenig verschlafen und überrascht, dass er so früh anrief. Ihr »Ja« auf seinen Vorschlag aber kam schnell und mit einem solchen Überschwang, dass Jakob der Atem stockte. Damit hatte er nicht gerechnet. In einer halben Stunde hole er sie ab, versprach er – noch ohne zu wissen, wo und wie er das Auto mieten sollte. So was hatte er noch nie gemacht. Aber irgendwie würde er das schon hinkriegen.

Dann erinnerte er sich daran, dass nach einer Taufe ein Autohausbesitzer ihm einmal versprochen hatte, er werde ihm zu einer Probefahrt schon einmal einen neuen Wagen zur Verfügung stellen. Das hatte Jakob nie in Anspruch genommen, irgendwie fand er es auch peinlich, an das Versprechen zu erinnern. Aber der Mann würde ihm sicher einen geeignetes Mietunternehmen empfehlen können.

Noch im Morgenmantel rief Jakob im Autohaus an, fragte den Besitzer nach einer Mietfirma – und löste eine Lawine von Worten aus, er habe ihm doch gesagt, und nun sei die Gelegenheit da und so weiter und er solle doch bitte sofort vorbeikommen, ein Auto stehe bereit. Es dauerte nur ein paar Minuten, da hatte Jakob seine Hemmungen überwunden, bestand darauf, wenigstens das Benzin zu bezahlen, worauf er sich die trockene Antwort einhandelte: »Das denke ich auch!«

✦

Jakob stellte tatsächlich eine halbe Stunde später einen nachtblauen Saab vor Rachels Hotel ab. Sie wartete schon unten in der Hotelhalle und schien gar nicht überrascht, als er ihr den Wagenschlag öffnete. Erst als er angefahren war – ein wenig zu scharf, so dass die Reifen quietschten, ein geübter Autofahrer war er nicht, das musste er im Stillen zugeben – drehte sie den Kopf und sagte: »Du hast dir ja einiges vorgenommen! Ist der Wagen neu?«

»Nur geliehen«, warf Jakob hin. Wollte er hinwerfen, aber der leichte Ton gelang ihm nicht – er war schlicht stolz auf sich und seine Idee. Sie musterte ihn von der Seite. »Und was hast du dir noch ausgedacht für heute?« Bei schlechterer Laune hätte ihn der leicht spöttische Unterton in ihrer Stimme wahrscheinlich gestört, aber heute hatte er ein Gefühl, als stünde ihm die Welt offen.

»Wissembourg – wir fahren heute nach Wissembourg.«

Und als habe sie gefragt, was er ihr da zeigen wolle, begann er zu erzählen. Die kleine Stadt habe ihn immer schon begeistert. Ein kleiner Fluchtpunkt, den er als Student entdeckt habe. Das war schon ein paar Jahre her, eine kleine Arbeitsgruppe im theologischen Seminar habe damals einen Ausflug geplant, um sich diesen Ort anzuschauen. »Die Wiege der deutschen Dichtung!«

Rachel lehnte sich in den cremefarbenen Ledersitz zurück und sah ihn aufmerksam an. Jakob folgte der stillen Aufforderung. Da habe ein Mönch namens Otfried im neunten Jahrhundert eine Evangelienharmonie geschrieben, also eine Art Biografie des Jesus von Nazareth aus den vier Evangelien, aber auf Deutsch und in Reimen. Der Dichter wollte, dass sich – und nun gab Jakob seiner Stimme einen pathetischen Klang – »die Gottesweisen in hellen Tönen erheben und in hellem Freudenton erwache des Volkes edle Sprache«. Es gebe da so naive Vorstellungen in dem »Krist« – so heiße das Buch –, dass Johannes der Täufer in der Einsamkeit der Wälder erblüht sei und das Jesuskind heranwuchs als »hohe Blume aus niederm Kraut, so hehr und doch so hold und traut«. Jakob hatte sich damals ein paar Verse eingeprägt, und zum ersten Mal war jemand da, dem er das weitergeben konnte. Er meinte einen bewundernden Blick zu spüren und lief zur Höchstform auf. Am schönsten deute Otfried die Hochzeit zu Kana – also die Szene, in der Jesus auf einer Hochzeit, als der Wein ausging, das Wasser in den Krügen in Wein verwandelte.

»Den vollen Wasserkrug von Stein / durchgeistet er mit Freudenwein, / dein Herz ist dieses Wassers Krug, / in das sein Herz den Geist dir trug!« Und als ob er seinen Worten Gegenwart verleihen wollte, setzte er hinzu: »So was kann man in einer Landschaft schreiben, in der Wein wächst.«

»Und das Buch kann man in Wissembourg sehen?«, fragte Rachel nüchtern.

»Leider nicht. Es wird in der Wiener Universitätsbibliothek aufbewahrt.«

»Aber eine Kopie kann man sich doch sicher anschauen.«

Jakob schüttelte den Kopf, dann trat er hart auf die Bremse und hielt am Straßenrand. Er schlug sich mit der Hand an die Stirn. «Dass mir das nicht früher eingefallen ist!«

Rachel verstand gar nichts. »Es muss eine Kopie geben, natürlich!«

«Eine Kopie vom Krist?«

»Unsinn – eine Kopie von meiner Akte. Würthings Sekretärin ist eine unglaublich penible Frau. Und er legte immer Wert darauf, dass alle Unterlagen auch bei ihm vorhanden sind. Wir müssen sofort zurück nach Heidelberg!«

»Auch deine persönlichen Notizen?«

»Natürlich nicht. Aber darin kann ja gar nichts Wichtiges stehen – es muss um einen Punkt in den Akten gehen, der mir nicht aufgefallen ist, also auch nicht in meinen Notizen stehen kann. Sonst wüsste ich ja, warum die Akte so wichtig ist.«

Rachel legte ihre Hand auf sein Knie. »Hat das nicht Zeit bis morgen, Jakob?«

✦

Es hatte Zeit. Hand in Hand schlenderten sie am Ufer der Lauter entlang durch den alten Stadtkern mit den schönen Bürgerhäusern. Alles sah aus wie in einer Puppenstube. Das Muster des Fachwerks spiegelte sich im ruhigen Wasser des Bachs, umrankt von feuerroten Blumen in den Balkonkästen, eine Insel des Friedens. Sie gingen durch die alten Gassen, die Johannesgasse und den Anselmannstaden, die Wollengasse und die Schustergasse, und blieben vor dem Salzhaus stehen mit seinem gewaltigen Dach aus dem 15. Jahrhundert.

»Hast du meinen Brief bekommen?« Jakob hatte diese Frage gefürchtet und ersehnt. Gefürchtet, weil er nicht wusste, was er sagen sollte. Ersehnt, weil ihn das Gefühl einer inneren Nähe fast erstickte.

Er blieb stehen, sah sie an. Wie lange sie einander schweigend gegenüberstanden, hätten sie nicht zu sagen gewusst. Rachel war es, die das Schweigen schließlich brach. »Zum ersten Mal sehe ich deine Augen sprechen«, sagte sie leise, und dann: »Ich habe Hunger.«

Jakob hatte noch von Heidelberg aus im Restaurant à l'Ange angerufen und einen Mittagstisch bestellt. Bei seinem ersten Besuch hatte er nur staunend dort vor der Menukarte gestanden und im Stillen sein dürftiges monatliches Studentenkostgeld mehrmals durchgerechnet. Damals reichte es nicht. Heute war ihm nichts zu teuer. Dampfnudel mit Gänseleberpastete und Fasan – davon hatte er immer wieder geträumt, und Studienkollegen vom »Wunderfitzle« vorgeschwärmt, kleinen Kuchen mit frischen Früchten und einem Vanilleeis, dessen Geschmack freilich nur in seiner Fantasie existierte, gegessen hatte er es nie. Heute musste es sein.

Rachel freute sich an ihrem Choucroute, dem Sauerkraut – »Das bekomme ich in Rom nie!« – aber eben auf elsässisch, mit Entenbrust und Confit de canard. Jakob war so aufgeregt und glücklich, dass er die Gabel nicht ruhig halten konnte und ein paar Gemüseteile auf das Tischtuch verstreute. Als er zu guter Letzt mit dem Ellenbogen sein Glas so schwungvoll umstieß, dass sich der Wein auf Rachels Rock ergoss und der Ober besorgt herbeieilte, Rachel aber entschuldigend sagte: »Mein Mann ist ein wenig ungeschickt«, da war sein Glück vollkommen.

Rom und Heidelberg mit allen Sorgen und Rätseln verflogen in den wundervollen Aromen, die aus den Tellern aufstiegen. Was sich als Rest noch in den Köpfen festgeklammert hatte, ertrank im einfachen Silvaner, der den Schmaus mit einem heiteren Glanz überzog.

✦

Als sie am nächsten Tag nach Heidelberg zurückkamen, führte sie der erste Weg zu Würthings Sekretärin. Sie sträubte sich zunächst, Jakob Auskunft zu geben, ob sie für ihren Chef die Akten des Finanzausschusses kopiert habe. Sie gab dann aber ihren Widerstand auf, als Jakob erzählte, seine Akte sei gestohlen worden, er brauche dringend die Unterlagen, sonst könne er seine Arbeit nicht fortsetzen. Allerdings wisse sie nicht, wo Würthing die Akten aufbewahrte. Vermutlich in seinem eigenen Arbeitszimmer zu Hause, doch da könne sie nicht weiterhelfen, das sei Sache von Frau Würthing.

✦

Frau Würthing empfing die beiden an der Tür. »Ich hatte noch keine Gelegenheit, Ihnen zu danken«, sagte sie zu Jakob, in ihrer Stimme schwang eine leise Herzlichkeit mit. Sie streckte ihm die Hand entgegen und wandte sich dann mit schlecht verhohlener Neugier Rachel zu. »Meine Verlobte«, stotterte er, und als die Frau erstaunt sagte: »Ich wusste gar nicht ...«, setzte Jakob ein entschlossenes »Seit gestern!« hinzu.

Rachel sah ihn an und schwieg. Aber ihre Augen lachten.

»Ich wünsche Ihnen alles Gute.« Jakob dankte und kam ohne Umschweife auf die betreffenden Akten zu sprechen. Er brauche sie dringend – und als Frau Würthing einen Augenblick Zögern erkennen ließ, berichtete Jakob in knappen Worten, wie seine eigenen Unterlagen abhanden gekommen waren und er nun darauf angewiesen sei, die Papiere zu kopieren, um die nächste Sitzung vorzubereiten.

Die anschließende Reaktion von Frau Würthing überraschte die beiden. »Sie suchen doch nach mehr als nur einer Arbeitsunterlage!«

»Ja!«, antwortete Jakob kurz entschlossen.

»Kommissar Arnim war gestern Abend bei mir und hat mir gesagt, mein Mann sei ermordet worden. Vielleicht hat er sich darüber gewundert, dass mich die Nachricht nicht erschüttert hat, aber gespürt habe ich es schon lange. Als er mich dann fragte, ob ich irgendeinen Verdacht hätte, da konnte ich ihm nichts sagen. Es wäre schrecklich, wenn ich den Verdacht auf einen Menschen lenken würde, der vielleicht nichts damit zu tun hat. Du sollst kein falsches Zeugnis reden, das ist für mich ein wichtiger Grundsatz.«

»Aber Sie haben einen Verdacht?«

»Entschuldigen Sie, aber darüber möchte ich nicht sprechen. Auch nicht mit Ihnen!«

Sie schwieg, senkte den Blick. Nach einer Weile sah sie Jakob wieder an. »Kommen Sie, ich zeige Ihnen den Weg.« Und während sie den langen, dunklen Flur vorausging, lud sie die beiden zu einem Tee ein, soviel Zeit hätten sie doch wohl noch, wenn sie die Akten gefunden hätten.

Die Suche dauerte nicht lange. Jakob war sich sicher, dass der Dekan die Papiere in einem gelben Ordner aufbewahrte – er kannte Würthing aus vielen Sitzungen, und es war ihm schon lange aufgefallen, dass der Alte eine bestimmte Farbsymbolik für den Aktenkram bevorzugte. Grün war Soziales, rot alles, was mit Liturgie und Gottesdiensten zu tun hatte, lila seine Personalunterlagen, weiß die Visitationspapiere und Finanzen mussten einfach gelb sein.

Es gab zwei gelbe Ordner. Jakob hatte richtig vermutet: Finanzausschuss. Aber warum zwei Ordner? Er blätterte kurz durch und entschloss sich, den umfangreicheren mitzunehmen – die Schriftstücke kannte er größtenteils, das mussten die richtigen Unterlagen sein.

Small Talk beim Tee – Frau Würthing war nicht sehr gesprächig, höflich erkundigte sie sich nach Rachel und ihrer Herkunft, fand es spannend, dass sie schon so lange in Rom lebte. Ein rechtes Gespräch wollte sich jedoch nicht einstellen, was auch daran gelegen haben mochte, dass Jakob auf einen raschen Aufbruch drängte. Er war viel zu neugierig, worauf er im Ordner des Toten stoßen werde.

Rachel verabschiedete sich draußen von ihm, sie wollte noch durch die Hauptstraße bummeln, bei der Durchsicht der Akten werde er sie wohl kaum brauchen.

✦

Der Ordner bot in der Tat einige Überraschungen. Vor allem ein paar kleine handschriftliche Notizen fesselten Jakobs Aufmerksamkeit. »*Umgehend erledigen. A.*« Das war nicht die Handschrift des Dekans. Außerdem benutzte Würthing für irgendwelche Notizen immer seinen Füllhalter. Die Worte aber waren mit Filzschreiber notiert.

Wer war A.? Dasselbe Namenskürzel wie in den »Kündigungen« des pensionierten Kollegen, den er zwei Tage zuvor besucht hatte. Derselbe Mann?

Er musste den pensionierten Kollegen noch einmal anrufen. Doch das hätte er auch bleiben lassen können – der Angerufene schien sich nicht zu erinnern, stotterte mühsam eine Entschuldigung und als Jakob geradeheraus fragte, wer denn dieser geheimnisvolle A. sei, bekam er die vielsagende Antwort: »Das kann manches heißen!« Sicherlich war das keine Ausrede, vielmehr konnte der Kollege offenbar seine Gedanken wirklich nicht mehr so recht zusammenhalten.

Den Grund dafür, warum die Akte des Dekans dicker als seine eigene war, hatte Jakob bald herausgefunden. Viele Schreiben waren doppelt abgeheftet, doch waren die Doppel bei genauerem Hinsehen nicht bloße Kopien. Sie enthielten andere Zahlen, das Datum war ein anderes, und jedes Mal ging es um das gleiche Bauprojekt. Beim Vergleichen der Daten fiel Jakob auf, dass die älteren Schriftstücke jeweils immer größere Beträge auswiesen. Und – alle trugen den gleichen Absender: Berger. Jakob wurde blitzschnell klar: Er war einer Manipulation bei der Bauvergabe auf der Spur.

Er wusste, dass jedes einzelne Bauprojekt der Kirche öffentlich ausgeschrieben werden musste – ein Verfahren, das den Beginn der Arbeiten seiner Ansicht nach immer stark verzögerte. Aber schließlich waren es auch öffentliche Gelder, mit denen gebaut wurde.

Irgendjemand hatte Berger begünstigt und ihm die Zahlen der anderen Angebote noch vor Ausschreibungsschluss übermittelt. Berger hatte daraufhin ein günstigeres Angebot eingereicht und jedes Mal den Zuschlag bekommen.

Das war nicht korrekt, kam aber vor, das wusste Jakob. Ein direkter Schaden war der Kirche dadurch nicht entstanden, sah er einmal von der Unkorrektheit des Verhaltens ab. Letzten Endes wurden die Bauten auf diese Weise eben recht günstig.

Was Jakob ein Rätsel blieb, war die Tatsache, dass Würthing stets beide Exemplare hintereinander geheftet hatte. Dafür gab es zwei Erklärungen. Die erste war die, dass Würthing selbst eine Spur gelegt hatte – mitunter drängt es Menschen, die nicht ganz korrekt handeln, dazu, diese Unkorrektheiten zu dokumentieren, nicht aus Stolz über ihre Klugheit, sondern wie ein stiller Hilferuf, den freilich nur der vernehmen konnte, dem die Akte zufällig oder absichtlich in die Hand fiel.

Die andere Erklärung: Würthing war schlicht ein penibler Verwalter, der die Unterlagen vollständig aufbewahrte. Doch diesen Gedanken verwarf Jakob gleich wieder. Wahrscheinlich war es einfach so, dass Würthing die Kontrolle über alle Vorgänge behalten wollte. Ein Dekan hat sich so viel zu merken, wie leicht konnte da etwas verloren gehen, wenn es nicht ordentlich dokumentiert war.

Aber im Grunde genommen war diese Sache viel zu unwichtig, als dass sie ausgereicht hätte, einen Menschen deswegen verschwinden zu lassen. Nicht einmal das Verschwinden seiner eigenen Unterlagen würde diese Machenschaft erklären. Warum sollte er überhaupt die Manipulation entdecken können, wenn ihm die ersten Angebote von Berger nicht vorlagen? Und er wusste genau, dass sie bei ihm nicht abgeheftet waren. Hinter all den Vorgängen musste mehr stecken.

Auch die handgeschriebenen Bemerkungen dieses A. wollten nicht so recht ins Bild passen. Was sollte Würthing da umgehend erledigen? Die Bauvergabe konnte es ja nicht sein, das war nicht Sache des Dekans, die beschloss der Ausschuss jeweils in seinen Sitzungen.

Jakob kam nicht weiter. Nur soviel wusste er: Es musste eine Sache sein, die auch aus seinen eigenen Unterlagen hervorgehen konnte. Er beschloss, Arnim um Hilfe zu bitten – neutrale Augen sehen manchmal mehr, und vielleicht war er selbst schon betriebsblind geworden.

✦

Als er am nächsten Morgen Arnim im Kommissariat gegenüber saß, hatte sich das Dunkel trotz einer halbdurchwachten Nacht noch immer nicht gelichtet. Arnims Kommentar zu seinem Verdacht war gleichfalls wenig ergiebig. Er habe sich schon so was gedacht, meinte der Kommissar trocken. Und dann: Ob Jakob etwas dagegen habe, wenn er sich die Akte einmal genauer ansehe. Hatte er nicht, erbat sich aber die Kopie der Akte.

Der Abschied fiel etwas freundlicher aus als bei der ersten Begegnung, unter der Tür hielt Arnim ihm die Hand hin und bedankte sich für die Zusammenarbeit. Er werde ihn auf dem

Laufenden halten. Unvermittelt fragte er dann gleichbleibend freundlich: »Haben Sie Frau Morgenthal schon besucht?«

Jakob stotterte ein wenig, als er sagte: »Ich hatte noch keine Zeit!«

»Es eilt nicht – aber bitte, versuchen Sie es.«

Zweifel

Als er das Polizeipräsidium verließ, war ihm leichter ums Herz. Der Besuch bei Frau Morgenthal hatte wohl noch Zeit. Jetzt ein Bummel durch den Schlossgarten, einmal ohne dienstliche Verpflichtungen, sonst war er nur zu Trauungen aufs Schloss gefahren. Hatte nicht ohne Stolz hinten im Taxi gesessen, das sich mühsam einen Weg durch die bunten Touristenschwärme bahnen musste. Er hatte sich dann im Schlosshof den Talar über den Arm geworfen und war mit gesenktem Blick am Podium, auf dem die Besuchergruppen von Fotografen aufgestellt wurden, vorbei eilig den kurzen, steilen Pflasterweg nach unten zum Kastellan gegangen, um sich von ihm die Tür zur Kapelle aufschließen zu lassen.

Diesmal also nur privat. Warum er sich auf einmal entschloss, eine Führung mitzumachen, hätte er später selbst nicht mehr sagen können. Jedenfalls fand er sich eine halbe Stunde später mitten in einer Schar bunter Amerikaner, die meisten Männer in großkarierten knielangen Hosen, die Frauen jeden Alters in verwegen flatternden T-Shirts und Turnschuhen, an der Tür zum alten Rittersaal wieder. Den kurzen Erklärungen der Studentin, die mit einem großen Schlüssel voranzog, hörte er kaum zu. Die Folge der Kurfürsten war ihm sehr vertraut, Geschichte hatte ihn immer interessiert.

Und eigentlich sagten ihm Namen nichts, vielmehr interessierte ihn das Leben damals. Mit Interesse hatte er die Briefe der Lieselotte von der Pfalz gelesen, die das Hofleben in Heidelberg so familiär geschildert hatte – im Unterschied zu den Etiketten des französischen Hofes, die sie lebenslang abwehrte und doch nicht verhindern konnte, dass ihren Kindern damit die letzte pfälzische Lebenslust ausgetrieben wurde. Er erinnerte sich an eine Passage, die ihn sehr amüsiert hatte. Es war 1693 oder 94, da berichtete Lieselotte in einem ihrer weit über hundert Briefe an die Herzogin Sophie über den Kirchenschlaf und seine heilsame Wirkung. Eine Predigt sei das rechte Opium für sie, schrieb sie ihrer einstigen Pflegemutter, der Gemahlin des Herzogs Ernst August von Braunschweig-Lüneburg. Sie habe einmal einen starken Husten gehabt und habe deswegen drei Nächte nicht schlafen können. Da sei ihr eingefallen, dass sie in der Kirche stets schlafe, sobald sie einen Pfarrer predigen oder Nonnen singen höre. Sie fuhr darum in ein Kloster vor den Toren von Paris – und kaum hätten die Nonnen zu singen angefangen, sei sie eingeschlafen und habe die ganzen drei Stunden, die der Gottesdienst dauerte, geschlafen. Dadurch habe sie sich wunderbar erholt. Köstlich fand Jakob den Schluss des kurzen Briefes: »*Hieraus sehen Eure Liebe, dass ich nicht weniger den Segen habe, in der Kirche zu schlafen, als Sie und Seine Gnaden, mein Herr Vater selig gehabt hat!*«

Wenigstens wirkten die Predigten damals therapeutisch, hatte sich Jakob gedacht, als er den Brief gelesen hatte – und konnte das Gefühl nicht ganz unterdrücken, er selber predige viel zu erzieherisch. Nicht mit erhobenem Zeigefinger oder moralisierend – dazu war er nicht eingebildet genug. Aber er spürte oft den Impuls, die Gottesdienstbesucher aufklären zu müssen – über die Grundzüge der Frömmigkeit, darüber, was er unter Glauben verstand. Angesichts der Breitseite für den Kirchenschlaf aus der Hand der Lieselotte kam er sich naseweis vor. Vielleicht würde mancher Gottesdienstbesucher am Sonntagmorgen erholter aus der Kirche kommen, wenn er sich dieses Rezept verschriebe anstatt einer Predigt von Jakob Erdmann zuzuhören. Das war weit entfernt von den Grundsätzen einer evangelischen Predigt, die Jakob im Predigerseminar inhaliert hatte – aber offensichtlich nicht so weit entfernt von den menschlichen Bedürfnissen der Gemeinde.

Er erinnerte sich an einen kalten Januarmorgen, als er zum Markt ging. Da hatte ihn in der Schlange vor dem Metzgerwagen eine Frau aus seiner Gemeinde angesprochen. »Herr Pfarrer, das war so wunderbar an Silvester bei Ihnen, wann machen Sie so etwas wieder?«

Jakob war einige Zentimeter gewachsen vor Stolz über das Lob. »Das kann man schon ab und zu mal machen!«, hatte er geantwortet, ohne genau zu wissen, was die Frau eigentlich meinte.

Und sie fuhr fort: »Wissen Sie, erst wollte ich gar nicht in die Kirche kommen. Die Aufregung mit meiner kranken Mutter, dann die viele Arbeit, wir hatten doch Gäste eingeladen – ich war vollkommen fertig. Und dann kam ich in die Kirche, das Halbdunkel, Ihre ruhige Stimme – es dauerte keine fünf Minuten, da war ich eingeschlafen – und bin genau zu dem Zeitpunkt aufgewacht, als Sie ›Amen!‹ sagten. Das war so wunderschön.«

Jakobs Stolz fiel in sich zusammen wie ein Soufflé, das man aus dem heißen Ofen in die frische Januarluft holt. Erst einen Augenblick später wurde ihm bewusst, dass sein Anliegen, gehört zu werden, auch nicht legitimer war als das der abgehetzten Frau, sich auszuruhen.

So ganz bei der Sache, also bei der Schlossführung, war Jakob ohnehin nicht. Und vielleicht hätte er sich noch eingefunden, wenn nicht die Fremdenführerin an jenem Fenster im Ottheinrichsbau Halt gemacht hätte, aus dem einmal ein Ritter in voller Rüstung gesprungen sein soll. Den Fußabdruck soll man unten auf den Sandsteinplatten noch sehen können. Jakob wusste, dass es sich bei diesem Abdruck um einen Studentenstreich aus dem letzten Jahrhundert handelte. Von oben aus dem dritten Stock konnte man den kleinen Abdruck ohnehin nur mühsam ausmachen – aber es war etwas ganz anderes, das seinen Blick starr werden ließ.

An der rechten Ecke der Schlossterrasse, in dem kleinen pavillonartigen Überbau über der Ecksäule, glaubte er Rachel zu erkennen. Kein Zweifel – das war ihr Kleid, mit den großen Rosen auf Leinen, dem leicht geschwungenen Ausschnitt. Und als die Frau unten lachend den Kopf in den Nacken warf, war Jakob sich sicher. Das war Rachel. Und sie war nicht allein. Dunkle Kleidung, ein Anzug – das Gesicht konnte Jakob nicht genau erkennen, es war halb verborgen hinter einem Mauervorsprung. Aber an irgendjemanden erinnerte ihn dieses Gesicht, graue Haare, soviel konnte er noch erkennen.

Er musste wissen, wer das war. Hastig stürzte er vom Fenster weg, rempelte dabei eine dickleibige Amerikanerin an, rief im Weglaufen irgendeine Entschuldigung vor sich hin – zurück zum Ausgang, das war sein einziger Gedanke. Dort würde sich die nächste Gruppe zur Führung treffen, er könnte das Schloss verlassen.

Als er draußen auf dem Schlosshof stand, hielt er inne. Warum hatte er es eigentlich so eilig? Und was sollte er Rachel sagen – und vor allem – dem Fremden, mit dem sie da zusammenstand? Eine Szene konnte er ihr schlecht machen, wozu auch. Er kam sich vor wie ein dummer Liebhaber, den blinde Eifersucht beherrscht. Konnte Rachel nicht treffen, wen sie wollte?

So wandte sich Jakob, statt den steilen Weg hinunter zur Terrasse zu laufen, dem Tor an der Bergseite zu und verließ das Schloss. Er zwang sich dazu, langsam zu gehen. Und während er die lange Schlossgasse zur Stadt hinabging, versuchte er, sich die Umrisse des Gesichts noch einmal zu vergegenwärtigen, das neben Rachels dunklem Schopf zu sehen gewesen war. Ihm war, als habe er das Gesicht schon einmal gesehen, aber er brachte die Erinnerung nicht mit Rachel zusammen. Naheliegend wäre vielleicht noch gewesen, sie hätte mit Arnim da gestanden – aber warum sollte sie sich ausgerechnet auf dem Schloss mit ihm treffen? Das Kommissariat war für ein Gespräch doch der bessere Ort. Und sonst – wen kannte sie denn in Heidelberg?

Irgendwann kam Jakob in der Stadt an, setzte sich in der Theaterstraße in ein Straßencafé und bestellte ein kühles Glas Grauburgunder aus Leimen. Der erdige Geschmack wird mich wieder auf den Boden bringen, dachte er.

Als er den ersten Schluck auf der Zunge zergehen lassen wollte, schoss ihm plötzlich ein Bild durch den Kopf. Die Nase, die große, etwas fleischige, aber deutlich vorspringende Nase mit den runden Nasenflügeln! Das war Mahler!

Wie kamen die beiden zusammen? Was hatte Rachel mit seinem Personalreferenten zu schaffen? Er würde sie zur Rede stellen. Aber was hieß das schon – zur Rede stellen? Sie war ihm keine Rechenschaft schuldig.

Andererseits: Gewusst hätte Jakob schon gern, wie sie ihn getroffen und was sie mit ihm zu besprechen hatte. Wie ein Liebespaar hatten die beiden nicht ausgesehen, sie haben sich eben unterhalten, und gut. So schien es.

◆

Zu Hause beschloss er zuerst, noch einmal die Akte durchzusehen, blätterte lustlos in ihr herum, schaltete den Fernseher ein und wenig später wieder aus, versuchte zu lesen, gab auch das wieder nach wenigen Minuten auf und griff schließlich zur Flöte. Weit gebracht hatte er es nie mit dem Flötenspiel, aber der silberne, obertonarme Klang des Instruments hatte ihn immer angerührt. Wenn er Flöte spielte, war er allerdings immer mehr als eine Handbreit vom Silberklang entfernt, aber das Atemholen, das Stützen und das Konzentrieren auf die Noten beruhigten ihn in wenigen Augenblicken. Manchmal ergriff ihn auch die Sehnsucht, seine Seele könne mit dem perlenden Klang mitschweben, irgendwohin, ganz leicht und ohne den Boden zu berühren. Sobald er das fühlte, begann der Ton seines Spiels sich zu beleben, schwang warm und voll durch die Zimmer und erfüllte ihn mit einer gewissen inneren Ruhe.

An diesem Tag ging er früh zu Bett, ohne Rachel noch einmal anzurufen. Auch sie meldete sich nicht.

Das Morgengrauen überfiel ihn mit wirren Gedanken. Was war eigentlich, wenn Rachel Mahler von früher kannte? Immerhin schien er sie in Rom auf ihn angesetzt zu haben. Je stärker Jakob sich gegen diesen Gedanken wehrte, um so hartnäckiger setzte er sich in ihm fest. Mahler hatte sich im Gespräch nach seiner Rückkehr aus Rom doch tatsächlich sehr merkwürdig verhalten.

Und war es reiner Zufall, dass Rachel damals in den Katakomben verschwunden war? Er wehrte sich gegen das aufkeimende Misstrauen, aber wie eine lästige Mücke, die er zu vertreiben suchte, schwirrte es immer wieder zu ihm zurück. Was wusste er eigentlich wirklich über diese Frau? Es war wenig genug, manches hatten sie ausgetauscht über ihre Jugend, ja, er wusste, wie sie nach Rom zu diesem Beruf gekommen war – aber was weiß man wirklich über einen Menschen, selbst wenn man vieles von ihm und über ihn sagen kann?

Ihre rasche Bereitschaft, mit ihm nach Heidelberg zu gehen, das konnte auch etwas anderes als spontane Sympathie oder gar Liebe gewesen sein. Berechnung? Zwischen die Fragen schoben sich die Bilder aus dem Elsass, ihre Unbeschwertheit, die glücklichen Augen. Das kann man nicht spielen, dachte Jakob.

Er würde zu Mahler gehen. Er musste sowieso mit ihm reden. Und vielleicht fand er eine Spur. Mahler konnte in die Sache verwickelt sein. Warum sonst hätte die Polizei Mahler nicht darüber informiert, dass Würthing ermordet worden war? Und: Er musste in Erfahrung bringen, wo seine Akten waren. Erst den Vermieter anrufen. Der musste ja wissen, wer die Heizung abgelesen hatte. Jakob rief dort an, wurde viermal verbunden, bis er endlich an der richtigen Stelle ankam. Die Auskunft überraschte ihn. In seiner Wohnung war überhaupt nicht abgelesen worden. Nein, auch in den anderen Wohnungen nicht. Welche Hausnummer genau? Nein, soweit sei man noch nicht, das Ablesen sei erst im nächsten Monat möglich. Ob er denn irgendwelche Beschwerden habe? Nein, er wolle nur sichergehen, dass er zu Hause sei, wenn der Ableser komme.

Also war der Besuch in seiner Wohnung kein Zufall gewesen. Und der falsche Ableser offensichtlich nur wegen der Akten ins Haus gekommen.

Er rief bei der Mutter seiner Sekretärin an. Warum ihm das nicht gleich eingefallen war. Sie wohnte bei ihrer Tochter und könnte eigentlich den ganzen Tag in der Wohnung gewesen sein. Ob sie wisse, wer die Heizungen abgelesen habe. Nein, den Ableser habe sie nicht gekannt.

»Beschreiben? Wo denken Sie hin? Glauben Sie denn, ich merke mir jeden Menschen, der vom Vermieter kommt? Die wechseln doch sowieso alle naselang.« Und den Namen habe der Mann nicht genannt – wozu auch.

Auch der Nachbar über Jakob konnte sich an den Mann nicht erinnern. Fehlanzeige. Aber irgendwo musste ein Faden aufzunehmen sein. Jakob gab nicht auf.

Wer war A.? Er nahm sich noch einmal den Pfarrerkalender vor – das Kürzel könnte ja auch den Vornamen bezeichnen. Er ging die ihm bekannten Namen zuerst durch. Von hinten. Würthing hieß Bernhard. Aber der wird sich ja kaum seine eigenen handschriftlichen Notizen in den Ordner heften.

Bei Mahler blieb Jakob hängen. »Alexander«. Ob Mahler …? Immerhin war er früher in Heidelberg gewesen. Vor acht Jahren erst in die Kirchenleitung berufen. Das könnte passen.

Er rief sofort bei Arnim an. Er habe sich schon gedacht, dass es da einen Zusammenhang geben könnte, sagte der ruhig. Aber eine heiße Spur sei das noch lange nicht.

Also musste Jakob auf eigene Faust handeln. Mahler besuchen, vielleicht brachte das Gespräch ihn weiter. Am Dienstag habe er Zeit – gleich um zehn Uhr? Mahler schien erleichtert, als Jakob ihn um einen Termin bat. Bei ihm im Büro.

Ein Tag Zeit – er würde den Tag nutzen und der Bitte Arnims nachkommen. Was ihn wohl bei Frau Morgenthal erwartete?

Die Stimme des Toten

Als er an der Tür des niedrigen kleinen Hauses in Waldwimmersbach klingelte, geschah minutenlang nichts. Höflich wartete Jakob. Eben als er die Hand zum zweiten Mal nach der Klingel ausstreckte, drehte sich der Schlüssel langsam und knirschend. Eine kleine, schmale Frau stand vor ihm, die weißen Haare streng nach hinten gekämmt, wo sie zu einem Knoten zusammengebunden waren.

»Was wollen Sie?« Die Stimme klang zu leise, Jakob konnte nicht erkennen, ob Ärger oder Erstaunen darin lag. »Ich bin ein Studienfreund Ihres Sohnes.« Jakob staunte, wie leicht ihm die Lüge fiel. »Ich wollte Sie nur besuchen.«

Die weißhaarige Frau sah ihn fragend an. »Nach so langer Zeit?«

»Ich bin erst vor kurzem in Heidelberg Pfarrer geworden. Und da fiel mir ein, dass Sie ja in der Gegend wohnen. Ich bin einfach vorbeigekommen, um nach Ihnen zu sehen.«

In ihren Augen lauerte ein leises Misstrauen. »Einfach so?«

»Einfach so!« Jakob lächelte und versuchte, seiner Stimme einen unbeschwerten Ton zu geben.

Die Frau drehte sich wortlos um, winkte dabei leicht mit einer Hand, als wolle sie ihn einladen mitzukommen, und ging mit kurzen Trippelschritten in die Wohnung. Jakob schloss die Tür hinter sich und folgte ihr.

»Setzen Sie sich!« Ihre kleine, faltige Hand wies auf einen zerschlissenen graugelben Sessel, sie setzte sich auf einen Stuhl am Esstisch. »Sie sind noch sehr jung!«

Jakob erschrak. An den Altersunterschied hatte er nicht gedacht, als er sich als Studienfreund ihres Sohnes vorstellte. »Ich ... ich hatte gerade erst angefangen zu studieren, als ich Ihren Sohn kennen lernte«, stammelte er verlegen. Die Frau schien seine Verlegenheit nicht zu bemerken, wenn doch, dann ging sie darüber hinweg. »Warum sind Sie hier?«

Sollte er die Wahrheit sagen? Dass er nur hier war, um irgendeine Spur zu finden, die seine Erlebnisse in Rom und Heidelberg mit dem Tod ihres Sohnes verbinden könnten?

Der geradeste Weg ist niemals schlecht. Warum ihm ausgerechnet jetzt dieser Satz einfiel, den seine Mutter oft zitiert hatte? Er entschloss sich, der Frau von Rom zu erzählen, von dem Überfall, von den merkwürdigen Verbindungen, die er mehr ahnte als genau beschreiben konnte.

Die kleine Weißhaarige saß, während er erzählte, reglos da, die Augen auf den Boden gerichtet. Als er seinen Bericht beendet hatte, schwiegen beide für lange Zeit. Plötzlich hob sie den Kopf. »Ich möchte Ihnen etwas geben. Vielleicht hilft Ihnen das weiter.« Sie stand auf, zog die Schublade eines alten Eichenvertikos auf und holte eine Kassette heraus. »Der letzte Gruß meines Sohnes aus Rom«, sagte sie leise und reichte ihm das Tonband. »Er muss sie kurz vor seinem Tod aufgenommen haben.«

»Und Sie haben sie nicht der Polizei übergeben?«

»Polizei!« In ihrer Stimme schwang eine leise Verachtung mit. »Die sieht alles mit den Augen der weltlichen Gerechtigkeit. Und ich wollte nicht, dass sie das Andenken meines Sohnes beschmutzen. Aber Sie werden ihn verstehen!« In ihren Augen lag eine Bitte. Überraschend setzte sie hinzu: »Bitte gehen Sie jetzt.«

Die Kassette brannte in seinen Händen, als er sich verabschiedete.

◆

Der erste Weg, zu Hause angekommen, war der zum Kassettenrekorder. Die Aufnahme rauschte stark, zudem musste das Mikrofon unmittelbar im Rekorder eingebaut gewesen sein, denn es verstärkte das Rauschen noch. Eine fast quäkende Stimme war zu hören. Zunächst konnte Jakob kaum verstehen, was sie sagte. Grüße an die Mutter, »mir geht es gut, die Sonne scheint, Rom ist wunderbar«. Dann aber stutzte Jakob. Die Stimme wurde höher, das Sprechen schneller. »Ich glaube, ich kann nicht länger Pfarrer sein. Weißt du, Mutter, Geld lässt den Teufel tanzen. Und der Teufel tanzt in Heidelberg. Mitten in der Kirche, Mutter, und der Dekan tanzt mit. Mir wird ganz schwindelig vom Drehen.«

Der Dekan war damals noch Mahler gewesen. Morgenthal musste tatsächlich etwas gewusst haben, was mit finanziellen Unregelmäßigkeiten zu tun hatte, in denen auch Mahler eine Rolle spielte.

Jetzt verstand Jakob auch, warum die Mutter von Thomas Morgenthal die Kassette vor der Polizei verheimlicht hatte. Sie fürchtete wohl, ihr Sohn sei in die Sache verwickelt gewesen. Sicher glaubte sie an die Unschuld ihres Sohnes. Aber die Polizei auch?

◆

Am nächsten Morgen saß Jakob im Zug nach Karlsruhe. Bei Rachel hatte er sich noch immer nicht gemeldet, auch sie hatte nicht angerufen. Das Schweigen lastete auf ihm, aber er drängte die schwarzen Gedanken weg, jetzt ging es erst einmal darum, die Sache mit den verschwundenen Akten aufzuklären. Er würde Mahler einfach die Wahrheit sagen – auch wenn er dann vielleicht erklären müsste, was er nicht erklären konnte: Wer ein Interesse an den Akten haben könnte – und welche offensichtlich gefährliche Information darin stecken könnte.

Als er aus dem Fahrstuhl den langen Gang zu Mahlers Büro in der Kirchenleitung betrat, begegnete ihm ein Mann, der grußlos an ihm vorüberging. Er hatte den Kopf gesenkt und schien es eilig zu haben. Jakob wunderte sich darüber – hier hatten alle eigentlich immer Muße, jedenfalls von außen betrachtet. Man führte Gespräche, studierte Akten, Boten trugen Aktenbündel von einem Flur in den nächsten – eilig hatte es niemand.

Als Jakob an Mahlers Vorzimmer anklopfte, waren seine Gedanken immer noch bei dem eiligen Mann. Er hatte dieses Gesicht schon einmal gesehen. Er nannte dem Sekretär seinen Namen, der schaute in den Kalender, und noch ehe er etwas sagen konnte, fiel Jakob ihm ins Wort. Er sei auf dem Flur einem alten Bekannten begegnet, vielleicht ein Studienfreund oder aus anderer Gelegenheit bekannt – nur der habe es sehr eilig gehabt und darum habe er nicht nachfragen können. Ob der Mann bei Mahler gewesen sei? Er würde gern den Namen erfahren und sich dann mit ihm in Verbindung setzen.

Der Sekretär zog die Schultern hoch. »Studienfreund – der muss anderswo gewesen sein. Hier war nur der Aushilfsfahrer von Herrn Mahler! Sie werden erwartet!« Er stand auf und öffnete die Tür zu Mahlers Büro.

Der erhob sich rasch und eilte mit ausgestreckter Hand auf Jakob zu. »Schön, dass Sie da sind, Bruder Erdmann!«

Kein Zweifel – die fleischige Nase war unverkennbar die, die er gestern im Schlosspavillon neben Rachel gesehen hatte. Darüber ein breites Lächeln, doch die Augen lächelten nicht mit.

Jakob beschloss, gleich zur Sache zu kommen. »Die Akte« – er zögerte einen Augenblick, dann gab er seiner Stimme einen festen Klang: »Die Akte ist verschwunden.«

»Verschwunden? Ich bitte Sie!« Jakob versuchte den Spott in der Frage zu überhören, er wollte sich nicht verteidigen, dazu war er nicht hergekommen. Mit knappen Worten berichtete er über das Eindringen in seine Wohnung.

»Eine seltsame Geschichte!« Mahler schien ungerührt. »Haben Sie einen Verdacht?« Jakob schüttelte den Kopf.

»Und Sie können sich nicht erklären, wer Interesse an den Unterlagen haben könnte? Da kann doch nicht irgendetwas Brisantes drin gewesen sein. Oder doch?«

Mahlers Stimme, so schien es Jakob, bekam jetzt etwas Lauerndes. Jakob lachte – das schien ihm die beste Antwort. Dann, als Mahler ihn weiter schweigend ansah: »Was soll in einer Kirchenakte schon verborgen sein! Ein paar Zahlen, Angebote, Sitzungsprotokolle – auf jeden Fall nichts, was irgendwie gefährlich werden könnte!« Seine Stimme klang tatsächlich so, als würde er den Verdacht einfach wegwischen.

»Auch nicht etwas, was Würthing belasten könnte?« Jakob zuckte unter der Schärfe der Frage zusammen. Er blickte Mahler offen ins Gesicht. »Nicht, dass ich wüsste!«

»Immerhin haben Sie sich ja die Akte von Würthing geholt.«

»Ich brauche die Unterlagen für die nächsten Sitzungen, das ist alles«, spielte Jakob den Ahnungslosen. Ob Mahler das mit der Akte Würthings von Rachel wusste? Aber das war im Augenblick gleichgültig. Er wusste es, und schließlich konnte er das auch leicht von der Sekretärin des Dekanats erfahren haben.

»Halten Sie mich auf dem Laufenden!« Mahler brach das Gespräch unvermittelt ab. »Ich wünsche Ihnen eine gute Heimfahrt.«

Jakob biss sich auf die Unterlippe. Erfahren hatte er nichts, das Gespräch war eher ein Verhör gewesen – aber da hatte er sich doch gut geschlagen. Mit diesem beruhigenden Gedanken verließ er das Zimmer seines Vorgesetzten.

✦

Zum Bahnhof kehrte er durch den Zoo zurück. Tiere hatten immer eine beruhigende Wirkung auf ihn. Noch nie hatte er ein Tier erlebt, das ihm falsch erschien – anders als die Menschen, die sich gegenseitig so oft hinters Licht führten. Und es waren die Menschen, die den Tieren irgendwelche Eigenschaften andichteten, wie edle Pferde oder dumme Hühner, eklige Ratten oder putzige Äffchen. Schon oft hatte Jakob vor den Schlangen gestanden und sich überlegt, wie die Bibel ausgerechnet darauf kommen konnte, dass eine Schlange Eva eingeflüstert hatte, Gott habe den Menschen nur aus Selbstsucht verboten, von den Früchten des Baumes zu essen. Warum soll ausgerechnet dieses Tier »listiger sein als alle anderen«? Er fand die Schlangen gar nicht listig. Sicher, sie waren ihm manchmal unheimlich, weil sie sich schleichend fortbewegten. Aber listig waren sie gar nicht. Und unheimlich auch nicht. Er erinnerte sich, dass er als kleiner Junge einmal aus Angst eine Ringelnatter mit einem Stock zu Tode geschlagen hatte – und überrascht gewesen war, dass sie blutete wie ein Mensch, sich wand und zu entkommen versuchte. Als sie endlich zerschlagen vor ihm lag, hatte ihn ein großes Mitleid überwältigt, und er hatte die blutigen Reste regelrecht bestattet.

Später hatte er im Zoo einmal eine Boa berührt, die sich ein Tierpfleger um den Hals gehängt hatte. Er war überrascht gewesen, dass er ein festes, warmes Muskelfleisch spürte, so, als ob er einen muskulösen Arm berühre. Nichts Schleimiges, nichts Kaltes – all diese Eigenschaften waren der menschlichen Fantasie entsprungen und hatten mit der Wirklichkeit nichts zu tun. Nur für Menschen gab es offenbar mehrere Wirklichkeiten – eine, die wirklich war – und viele andere, die daneben existierten und genauso beanspruchten, die wahre Wirklichkeit wiederzuspiegeln wie die erste.

Wenn es doch so einfach für ihn wäre, die erste Wirklichkeit überhaupt zu wissen. Rachel. Jakob glaubte zu wissen, dass er sie liebte. Und sie ihn doch auch. Aber konnte er ihr vertrauen? Vielleicht müsste er sich einfach dazu entschließen, ihr Vertrauen zu schenken. Statt dessen pflegte er sein Misstrauen, grübelte vor sich hin – dabei wäre es viel einfacher, mit ihr zu sprechen und offen zu ihr zu sein. Warum sollte er sie behandeln wie Mahler, dem er nichts darüber verriet, dass er einen Verdacht hegte?

Rom fiel ihm wieder ein, die ersten Begegnungen mit Rachel, dieser flirrende Zauber, der über ihren Gesprächen lag. Wenn er doch diesen Zauber wieder heraufbeschwören könnte.

Im gleichen Augenblick, als er an Rom dachte, durchzuckte es ihn. Das Gesicht, das er im Flur vor Mahlers Büro gesehen hatte – das war der Mann, den er im Lieferwagen auf sich hatte zufahren sehen! Dasselbe breiige Aussehen, das er auch unten vor dem Hotelfenster in Rom gesehen hatte. »Aushilfsfahrer« – mag sein, dass er den Mann auch schon vorher in Heidelberg gesehen hatte. Zusammen mit Mahler. Aber wer merkt sich schon das Gesicht eines Chauffeurs? Wahrscheinlich der Grund, warum er in Rom nicht auf die Idee gekommen war, dieser Mann habe mit Mahler zu tun.

Aber wie jetzt weiter? Beweisen konnte Jakob nichts. Und seine Akte – selbst wenn er sie auf irgendeine Weise finden sollte, würde längst bereinigt sein. Es sei denn ...

Mitten in seine Gedanken klingelte sein Handy. Wie er diese Dinger hasste, die jede Freiheit einschränkten. Das Display zeigte eine Nummer aus Heidelberg. Jakob zögerte. Dann nahm er den Anruf doch an. Rachel. Augenblicklich begann sein Puls schneller zu schlagen, sein Mund wurde trocken.

»Wo bist du denn?« Das Erstaunen in ihrer Stimme klang echt. »Seit zwei Tagen versuche ich dich zu erreichen. Hast du dich irgendwo verkrochen?«

»Ich bin im Zoo in Karlsruhe!« Er hätte diese Worte gern zurückgenommen, sie waren ein wenig dürftig, er kam sich vor wie ein Schuljunge, der auf verbotenen Wegen geht. Wie ein Mann hätte er reagieren sollen, nüchtern und sachlich antworten, er sei dienstlich unterwegs. Dann hätte er das Gleichgewicht im Gespräch halten können. So schien es ihm, als sei er ertappt.

Aber Rachels Reaktion war anders als erwartet. Sie lachte seine Verlegenheit weg. »Du warst bei Mahler?«

Ihm blieb gar keine Zeit zu fragen, woher sie den Namen seines Vorgesetzten kannte geschweige denn danach zu fragen, ob sie denn tatsächlich mit Mahler gestern auf dem Schloss gewesen sei. »Ich habe ihn gestern in Heidelberg getroffen!«

Sein »Aha« war kein überzeugender Kommentar. »Wir müssen uns unbedingt sehen!« Rachel schien gänzlich unbekümmert. »Oder willst du dich weiter in ein Schneckenhaus zurückziehen?«

Warum er nur, gerade mühsam auf dem Weg, endlich ein unerschütterliches Selbstbewusstsein aufzubauen und Tatkraft in sich zu spüren, bei dieser Frau alle guten Vorsätze vergaß und dahinschmolz, als halte man Zinn über eine offene Flamme? »Du kennst Mahler schon länger?« Diese Frage musste er sich regelrecht abringen.

»Wie kommst du darauf?« Das war ihm in Rom schon aufgefallen, diese jesuitische Art der Gesprächsführung, in der Rachel Meisterin schien. Jede Frage mit einer Gegenfrage zu beantworten. Aber sein Ärger war nicht groß genug. Und er verflog ganz, als Rachel ihn nach einem Treffpunkt in Karlsruhe fragte, sie werde in einer Stunde da sein und dann alles erklären. »Ich möchte dich gern wiedersehen!«, schloss sie ihren Satz und wartete.

Ich dich auch, hätte er gern geantwortet, doch nun gewann die Vorsicht wieder Oberhand. Er nannte ihr nur ein Restaurant in der Nähe des Bahnhofs, er werde dort auf sie warten.

Ihr »Ciao« klang, als zerplatze eine Seifenblase, dann war die Leitung unterbrochen, Rachel hatte aufgelegt.

◆

Eine reichliche Stunde später stand sie an seinem Tisch, legte die Hand auf seine Schulter: »Ich glaube, ich bin dir eine Erklärung schuldig.«

»Ich bitte dich!« Jakob gab sich großzügig. Er hätte lieber trotzig »Ja« gesagt – aber manchmal ist Warten in der Ungewissheit eine gute Lehrmeisterin. Wenn sie wirklich etwas vor ihm verbarg, dann hatte das sicher einen guten Grund, in diese Richtung waren seine Gedanken schließlich gegangen, als er auf sie gewartet hatte.

Tatsächlich löste sich das Rätsel ihres Treffens mit Mahler auf verblüffend einfache Weise. Arnim habe sie angerufen und sie gebeten, sich einmal mit Mahler zu treffen. Unter irgendeinem Vorwand. Dass sie Jakob in Rom getroffen habe und Mahler nur vermuten konnte, was Jakob ihr erzählt hatte, würde das Interesse Mahlers sicher wecken, hatte Arnim gesagt.

»Er hat mir angedeutet, Mahler könne etwas mit dem Tod von Würthing zu tun haben – und mir als attraktive Frau« – bei diesen Worten machte sie eine kleine Pause und sah Jakob an, er reagierte sofort: »Also, du als attraktive Frau ...«

»Na ja, Mahler würde sicher zusagen, wenn ich ihn anriefe.«

»Und Mahler – war er nicht überrascht, dass ausgerechnet du ihn anrufst? Woher solltest du seinen Namen kennen?«

»Die meisten Männer verstehen wenig von Frauen, nicht weil sie nicht daran interessiert sind, etwas über sie zu erfahren, sondern weil schöne Frauen immer die Eitelkeit der Männer anstacheln. Sie finden sich gern unwiderstehlich und nutzen oft den kleinsten Anlass, sich zu bespiegeln. Am besten eben in den Augen einer Frau.«

Das saß. Rachel verbesserte sich sofort: »Du bist da eine Ausnahme, du trägst dein Herz offen.« Jakob blieb skeptisch. »Und dann?«

»Ich habe ihn angerufen und ihm erzählt, ich hätte Sorgen um dich. Und vielleicht könne er mir ja helfen, er sei als Personalreferent doch sicher ein guter Psychologe und kenne dich schon länger.«

»Und du hast wenig herausbekommen, stimmt's?« Jakob bekam Oberwasser. Er war wie von einer Last befreit, und alle Zweifel an Rachel schienen sich aufzulösen. Jetzt galt es zu handeln. Aber wohin mit seiner Energie?

»Er hat etwas zu verbergen, das ist sicher!« Jakob lehnte sich im Stuhl zurück, dass die Lehne ächzte.

»Wir brechen einfach in seine Wohnung ein!« Rachel hatte den Satz noch nicht ganz ausgesprochen, da zog Jakob scharf den Atem durch die Nase. Manchmal war Rachel ganz schön naiv. »Wie stellst du dir das vor? Hingehen, klingeln, sagen: ›Würden Sie sich bitte für ein paar Stunden aus Ihrer Wohnung entfernen, wir möchten sie gern durchsuchen.‹«

Rachel blieb ungerührt. »Du schaffst das schon, ich rufe Mahler jetzt an und verabrede mich mit ihm heute Abend. Du durchsuchst seine Wohnung. Er lebt übrigens allein. Weiß ich seit gestern. Wie lange brauchst du?«

Erst mal brauchte Jakob ein paar Sekunden, bis er sich gefasst hatte. Dann siegte die Abenteuerlust. »Zwei Stunden«, sagte er aufs Geratewohl. Was wusste er denn, wie lange er suchen musste? Ein Pfarrer als Einbrecher! Irgendetwas reizte ihn an diesem Gedanken, und er war sicher: Die Suche nach einem wie immer gearteten Dokument war es nicht. Es war der Kitzel des Verbotenen.

Er erinnerte sich an den kleinen Helferkreis, den er in der Gemeinde nach einem Besuch in der Jugendvollzugsanstalt einmal gegründet hatte. Ein Rechtsanwalt, eine Sozialpädagogin, ein Psychologe, zwei, drei Interessierte – mit dem Ziel, auf Bewährung entlassenen ehemaligen Häftlingen in der Grauzone beiseite zu stehen. Der erste Fall wurde gleich zum Reinfall. Jochen, so hieß der 21-Jährige, machte sich erst ganz gut. Eigentlich ein intelligenter Junge, er kam drei Wochen lang regelmäßig zu den abendlichen Treffen. Am vierten Abend verabschiedete er sich gegen neun Uhr, er habe noch eine Verabredung.

Am nächsten Morgen schon klingelte die Polizei bei Jakob. Wann er den Jochen K. zuletzt gesehen habe, es sei der Polizei bekannt, dass er bei ihm vorübergehend gewohnt habe. Und dann erfuhr er, dass Jochen sich nach dem Abschied gemeinsam mit einem Freund daran gemacht hatte, das Erdgeschoss einer Villa im benachbarten Stadtteil auszuräumen – Fernseher, Perserteppiche, Silber, Bilder – einen Dreieinhalbtonner hätten die beiden seelenruhig vollgeladen, während das bestohlene Ehepaar im ersten Stock ahnungslos vor dem Fernseher gesessen habe.

Zwei Tage später schon hatte die Polizei Jochen gefunden und verhaftet – der Rechtsanwalt aus dem kleinen Helferkreis besuchte ihn in der U-Haft und brachte, was Jakob irgendwie rührte, einen geschlossenen Umschlag mit 20 DM mit: Die habe Jochen von Jakob geliehen und wolle sie zurückzahlen, weil er gern schuldenfrei in den Knast gehen wolle. Immerhin – einen Unterschied gab es schon zwischen Jochen und ihm: Habgier trieb ihn nicht.

Rachels Stimme unterbrach seine Gedanken. Sie hatte sein Handy genommen, schaltete die Nummernunterdrückung ein und sprach wenig später bereits mit Mahler. Seine Nummer hatte sie schon mitgebracht, jedenfalls hatte sie sie aus der Handtasche hervorgekramt. Sie gurrte und turtelte am Telefon, als sei sie von einer Begleitagentur engagiert und müsse den Kunden erst mal warm reden. Eher amüsiert verfolgte Jakob die Verabredung. Ja, um acht, er fand das Restaurant ein wenig zu teuer für eine bloße Ablenkung – aber vermutlich verschaffte ihm das mehr Zeit für die Suche.

»Hast du schon ein Zimmer für uns besorgt?« Rachel hatte das Gespräch beendet und dachte schon wieder praktisch. Jakob schüttelte den Kopf. »Vielleicht hier?«

»Wenn du nichts Besseres weißt – ich kenne mich hier nicht aus«, war ihre nüchterne Antwort.

Der Einbruch

Mahler wohnte in einer wuchtigen Jugendstilvilla. Ein großer Garten mit alten Bäumen gab dem Haus ein herrschaftliches Gesicht. Es stand in einer Reihe ähnlicher Häuser, die betuchten Bürger Karlsruhes schienen sich hier abseits vom Lärm der Innenstadt ein beschauliches Zuhause geschaffen zu haben. Irgendwo aus der Nachbarschaft kamen Klaviertöne aus einem geöffneten Fenster, Schumanns »Fröhlicher Landmann« wurde klimpernd hingerichtet. Die Straße war menschenleer, wahrscheinlich saßen viele in den Gärten hinter den Häusern. Irgendwo schien eine Barbecue-Party gefeiert zu werden – jedenfalls roch es durchdringend nach verbranntem Fleisch, und um eine Hausecke zog hellblauer Rauch.

Das schmiedeeiserne Tor zu Mahlers Haus hing windschief in den Angeln, quietschend gab es Jakob den Weg frei, als er sich leicht mit der Schulter dagegen lehnte. Dann stand er vor einer großen Eichentür, deren ausgebleichtes Hellbraun gut einen neuen Anstrich vertragen hätte. Wie sollte er bloß ins Haus kommen? Darüber hatte Jakob sich keine ernsthaften Gedanken gemacht. Wahrscheinlich würde in der warmen Jahreszeit irgendwo ein Fenster offen stehen, hatte er im Stillen gedacht und auf das Glück vertraut. »A. Mahler« las er auf dem messingfarbenen Klingelschild, darüber ein leeres Feld. Ob wirklich niemand im Obergeschoss wohnte?

Er drückte den Klingelknopf, wartete zwei, drei Minuten und lauschte. Nichts rührte sich im Haus. Dann drückte er den oberen Klingelknopf. Wieder nichts. Jakob atmete tief durch. Was er merkwürdig fand: Er spürte keine Aufregung. Eher Spannung. Oder sollte er es lieber Jagdinstinkt nennen? Er drückte die Klinke. Hatte er etwa erwartet, Mahler würde nicht zuschließen? Man kann es ja mal probieren, lächelte er in sich hinein.

Dann ging er mit lockeren Schritten die zwei, drei Stufen des Eingangs wieder hinunter, bog nach rechts ab, suchte an der Fassade nach einem offenen Fenster. Da schien ein Fenster nicht ganz zu schließen, eben wollte Jakob darauf zugehen, da hielt ihn eine Stimme zurück: »Kann ich Ihnen helfen?« Sie kam aus dem Nachbargarten und gehörte einem braungebrannten Mittfünfziger, der ihm über eine Scharte der sonst dichtbeblätterten Buchsbaumhecke zuwinkte. Jakob wandte sich dem Rufer zu. »Ja, vielleicht. Ich bin Pfarrer, ich sollte Herrn Mahler aufsuchen, habe mich aber verspätet. Ist er nicht zu Hause?«

»Da haben Sie Pech, junger Mann«, tönte der Braungebrannte, »Herr Mahler ist vor einer halben Stunde aus dem Haus. So wie er aussah, wird er wohl nicht so bald zurück sein. Sollen wir ihm etwas ausrichten?«

»Nein, danke.« Jakob fand seine Haltung bescheiden genug, der Nachbar konnte kaum auf falsche Gedanken kommen. »Aber vielleicht hätten Sie ein Blatt Papier, damit ich Herrn Mahler eine Nachricht hinterlassen kann.«

»Moment.« Wenige Augenblicke später war der Braungebrannte zurück und reichte ihm ein Blatt Papier über den Buchsbaum. Handgeschöpftes Bütten. »Vielen Dank«, Jakob fand, er spiele die Rolle eines verlegenen Theologen ausgezeichnet. Er ging denselben Weg, den er gekommen war, zurück zum Eingang und versuchte es auf der anderen Seite. Kein Nachbargrundstück, da war nur eine dichte Hecke zur Straße. Aber kein Fenster offen. Auf der Rückseite versuchen? Aber da lief er vielleicht wieder ins Gesichtsfeld der Barbecue-Party-Besucher, und ein zweites Mal konnte er die Rolle des bescheidenen und ein wenig weltfremden Pfarrers nicht spielen – selbst ein besserer Schauspieler als er hätte damit keinen Erfolg gehabt.

Die Verlegenheit löste sich erst, als er einen schmalen Treppenabgang entdeckte, ein rostiges Geländer führte fünf, sechs

Stufen hinab zu einer weißgestrichenen Holztür. Die Klinke drückte Jakob vergeblich – aber da waren ja noch die vier kleinen Fenster in der Tür. Ein leichter Schlag mit dem Ellenbogen und das Glas splitterte auf den Boden. Er hatte richtig vermutet: Von innen steckte ein Schlüssel, eingerostet, aber mit einiger Mühe ließ er sich drehen. Jakob stand in einem Raum, der wohl früher als Waschküche gedient hatte, Zementboden, ein alter Bottichherd stand rechts an der Wand, es roch nach kalter Asche und saurer Seife.

Als er das Arbeitszimmer im Erdgeschoss betrat, fühlte er sich zum ersten Mal bei diesem Unternehmen unbehaglich. Der wuchtige schwarze Ledersessel hinter dem Wurzelholzschreibtisch starrte ihn an, als bewache er den Raum. Im halbhohen Bücherregal hinter dem Sessel die noble Stereoanlage einer skandinavischen Firma, mit der Jakob immer geliebäugelt hatte. Und die ihm dann doch viel zu teuer gewesen war. Darüber das Bild eines ergrauten Pfarrers mit strengen Augen, die rechte Hand mit drei Fingern leicht erhoben, die linke auf eine Bibel gelegt. Aber der strenge Blick ging zur Seite, vorbei am Betrachter. Gott sei Dank, dachte Jakob, hätte er dem Mann in die Augen sehen müssen, er hätte sich ertappt gefühlt. Es war nicht Recht, die persönliche Sphäre eines anderen Menschen zu verletzen – ganz gleich, was er getan hatte.

Aber es war nicht die Zeit für Schuldgefühle. Jakob begann seine Suche am Schreibtisch. Zog Schublade um Schublade auf. Nur in der untersten befanden sich Papiere. Jakob schichtete sie sorgfältig vor sich auf den Schreibtisch und sah sie durch. Ohne Erfolg. Penibel sortierte er sie in der gleichen Ordnung wieder ein. Dann die Reihe der Akten in einem kleinen Rollschrank gleich neben dem Schreibtisch. Es wunderte Jakob, dass Mahler keinen der Schränke verschlossen hatte, als habe er nichts zu verbergen. Hatte er auch nicht – jedenfalls nicht im Aktenschrank. Sollte er jetzt die endlosen Regale mit Büchern durchsuchen? Sicher zweitausend Bücher, dachte er, als er an den Regalen hochblickte. Zwei Wände hatte Mahler bis an die Decke mit Büchern zugestellt. Ein kleines Tischchen, zwei Sessel davor, das war alles.

Resigniert ließ Jakob sich in den Ledersessel hinter dem Schreibtisch sinken. Er wusste ja nicht einmal genau, wonach er suchen sollte. Und es schien ihm unwahrscheinlich, dass Mahler die gestohlene Akte einfach irgendwo eingeordnet haben sollte. Was sollte er mit irgendwelchen Angeboten und Protokollen, die ihn sowieso nicht interessieren konnten. Wahrscheinlich waren sie längst durch den Papierwolf gewandert.

Er versuchte sich zu konzentrieren. Seine, Jakobs handschriftlichen Notizen konnten Mahler ebenfalls nicht interessieren. Es musste um ein Dokument gehen, das gar nicht richtig zu seinen Akten gehörte. Aber was?

Er dachte angestrengt an die letzte Sitzung des Finanzausschusses vor seiner Beurlaubung. Eine Routinesitzung. Keine besonderen Anträge, keine komplizierten Tagesordnungspunkte. Am Schluss der Sitzung hatte er wie immer seine Papiere zusammengeschoben und in die kleine Ledertasche gestopft und war rasch gegangen. Die belanglosen Gespräche nach der Sitzung mied er gern.

Er versuchte sich zu erinnern, was er da zusammengeschoben hatte. Einen Bauplan, eine Kalkulation – darüber hatten sie beraten. Zwei Briefe, wahrscheinlich neue Angebote für die letzte Ausschreibung, die Renovierung eines Gemeindehauses. Zu Hause hatte er sie aufgerissen und kurz überflogen. Der eine war tatsächlich ein Handwerkerangebot, der andere trug einen Absender aus Brasilien und bezog sich auf eine Spendenaktion. Offensichtlich hatte er einen Brief eingesteckt, der gar nicht für ihn bestimmt war. Er hatte ihn in den Umschlag zurückgesteckt und wollte ihn Würthing einfach in der nächsten Sitzung wieder zurückgeben. Dringlich schien ihm die Angelegenheit nicht gewesen zu sein, das hatte Zeit bis zur Vorbereitung der nächsten Sitzung.

»Der Brief – natürlich, das muss es gewesen sein.« Vermutlich enthielt dieser Brief genau das, was er nicht erfahren sollte. Und was brisant gewesen sein musste. Aber was konnte das gewesen sein?

Mahler war ein ordentlicher Mensch, das musste so sein, sonst wäre er in der Hierarchie nicht aufgestiegen. Also doch noch einmal zu der Reihe Aktenordner. Er ging sie alle durch. Die Korrespondenz schien ihm harmlos, er blätterte sie kurz durch. Persönliche Briefe von Pfarrern, die Bitte eines Verlages, an einem Andachtsbuch mitzuarbeiten, »Mit der Bibel in den Tag«, eine Menge handgeschriebener Briefe, offenbar von Privatpersonen, Komplimente für hilfreiche Worte, beigeheftet jedes Mal ein freundlicher Antwortbrief, immer etwa zehn Zeilen lang, maschinengeschrieben, darunter die markige Unterschrift Mahlers – mit Filzstift.

Enttäuscht stellte Jakob den Ordner zurück, wollte schon aufstehen, als sein Blick auf einen orangefarbenen Klappordner fiel, der über die großen schwarzen Ordner gelegt war.

Es waren Bittschreiben. Eines fesselte seine Aufmerksamkeit: Das Projekt in Brasilien. Dreimal im Jahr wurde im Kirchenbezirk dafür eine Kollekte erhoben. Da kamen gut 30 000 Euro zusammen. Den Text konnte er erst nicht richtig deuten. Es war die herzliche Bitte, die Unterstützung doch bitte fortzuführen. Das Projekt sei gefährdet, die Spenden fest eingeplant – und man warte dringend.

Aber er erinnerte sich deutlich, dass die Spenden ordentlich angewiesen worden waren. Hatte er die Anweisung nicht vor einem Monat noch gesehen? Jakob konnte sich vage erinnern.

Oder war das Geld dann an jemand anderen überwiesen worden? Aus Versehen oder absichtlich? Veruntreuung von Spendengeldern? Aber das würde sich ja leicht klären lassen. Er nahm den Brief heraus und steckte ihn ein.

Als er den Ordner wieder zurücklegen wollte, hörte er draußen einen Wagen vorfahren. Einen Augenblick erstarrte er, dann lief er zurück zur Treppe, die ihn in den Keller führte, schloss leise die Tür hinter sich und wartete an der Waschküchentür, durch die er eingedrungen war. Richtig: Der knirschende Kies verriet ihm, dass ein Mann auf das Haus zuging, er hörte das Drehen des Schlüssels im Schloss, das Zufallen der schweren Eingangstür. Er wartete noch ein paar Sekunden, dann schlich er sich davon. Glück gehabt.

Zwischenspiel

Als Jakob ins Hotel zurückkam, erwartete Rachel ihn schon an der Bar. Eigentlich hatte er sich vorgenommen, ihr gleich zu sagen, dass sie ihn in einige Schwierigkeiten gebracht hatte – sie hatte doch versprochen, Mahler für ein paar Stunden festzuhalten. Er holte gerade tief Luft, da entschuldigte sie sich schon. »Ich habe es nicht mehr ausgehalten. Noch bei der Vorspeise wurde der Kerl zudringlich. Männer! Hast du etwas gefunden?«

Jakob war zu stolz auf seinen Erfolg, als dass er sich jetzt noch bei Kleinigkeiten aufhalten wollte. »Ich glaube, wir sind da einer heißen Sache auf der Spur.« Er langte in die Innentasche seines Cordjacketts und wollte den Brief herausziehen, da spürte er ihre Hand auf seinem Arm. »Nicht hier. Außerdem habe ich Hunger. Ob wir noch eine Kleinigkeit essen können? Du hast das Abendessen ja auch ausgelassen!«

»Im Unterschied zu dir!«, gab Jakob bissig zurück.

»Ich habe kaum einen Bissen heruntergebracht«, verteidigte sich Rachel. »Aber als Mann kannst du das wahrscheinlich nicht verstehen. Mir ist der Kerl so kräftig auf den Magen geschlagen, dass mir der Appetit vergangen war. Möchtest du ein paar Einzelheiten wissen? Ich erzähle dir gern, was da abgelaufen ist.«

Nein, Jakob wollte nichts wissen. Wortlos drehte er sich um und kam wenige Augenblicke später mit einer Karte zurück. »Viel gibt es nicht mehr.«

»Eifersüchtig«, lachte Rachel. Das war eher eine Feststellung als eine Frage. Sie fuhr ihm mit dem Finger über die Augenbraue. Wie damals in Rom, dachte er, in der ersten Nacht. Er wusste nicht, ob er eifersüchtig war, es war ihm im Grunde auch gleichgültig. Wichtiger war ihm, wie es nun weitergehen sollte. Als er das Rachel sagte, gab sie lächelnd zurück: »Mit uns oder mit dem Fall Mahler?«

Die Frau war ihm ebenbürtig, eine Herausforderung. Immer wieder zwang sie ihn, die allgemeinen Phrasen zu verlassen, die er sich angewöhnt hatte und mit einer persönlichen Note versehen konnte, als wende er sich einem Menschen wirklich zu. Vermutlich hatte er sich diese freundliche Abwehrstrategie in den vielen Begegnungen mit Menschen in seiner Gemeinde angewöhnt, die ihn so oft mit ihren persönlichen Fragen konfrontierten und bei der nächsten Begegnung erwarteten, er würde sich an alle Einzelheiten erinnern können. Rachel ließ diese freundliche Distanzierung nicht zu. Sie verstand es, ihn dazu anzuspornen, seine eigenen Gefühle wahrzunehmen und ins Spiel zu bringen. Seine Spannung löste sich.

»Beides.«

»Dann lass uns mal sortieren!« Rachel blieb unerbittlich.

»Hier oder oben?«, fragte er zurück, es sollte spielerisch wirken. Wirkte es wohl auch, denn Rachel konterte: »Am besten nacheinander!«

Es wurde eine lange Nacht. Die Beute aus dem Einbruch, so beschlossen sie, würden sie morgen in Heidelberg dem Kommissar übergeben. Der hatte mehr Möglichkeiten, die Hintergründe aufzudecken. Jakob würde zwar morgen früh gleich in der Revisionsabteilung der Kirchenleitung anrufen und die Konten der Gemeinde überprüfen lassen. Aber das konnte dauern. Wie es mit ihrer Beziehung weitergehen sollte, dazu kamen sie in dieser Nacht nicht mehr so recht. Jedenfalls nicht mit dem Kopf.

✦

Als sie am nächsten Morgen Arnim gegenübersaßen und ihm den Verdacht mitteilten, Mahler müsse in irgendeine Unregelmäßigkeit mit Spendengeldern verwickelt sein, wiegte der bedenklich den Kopf. Woher sie das wüssten? Das müsste er schon genauer erfahren.

Jakob beichtete den Einbruch bei Mahler, was ihm den Tadel des Kommissars einbrachte. »Eigentlich müsste ich Sie festnehmen – ein Pfarrer als Einbrecher. Warum haben Sie denn nicht gewartet, bis wir den Antrag auf eine Hausdurchsuchung durchgehabt hätten?« Bei den Worten »Pfarrer als Einbrecher« betonte Arnim jede Silbe, aber Jakob hatte das Gefühl, so ernst meinte der Kommissar es nicht mit der Rüge. Vor allem aber interessierte ihn, wie er darauf gekommen sei, das Haus Mahlers durchsuchen zu lassen.

»Ich habe Mahler schon länger im Verdacht, dass er in irgendwelche dunklen Geschäfte verwickelt ist«, sagte Arnim. »Hartwig Koller war lange einem unseriösen Börsenmakler auf der Spur, der in Fernost investiert und dabei eine Menge Privatkunden um ihr Geld betrogen hatte. Dabei war er auch auf Namen aus Heidelberg gestoßen. Unter anderem Berger, Würthing und Mahler. Wir haben uns erst ausgetauscht, als Würthing bei uns zum Fall wurde. Sicher ist, so weit hat mich Koller informiert, dass Mahler und Berger häufig spekuliert haben.« Mehr möchte er im Augenblick dazu nicht sagen, schloss Arnim.

Jakob hielt den Moment für gekommen, in dem er Arnim den Bittbrief aus Brasilien überreichen sollte. »Vielleicht hilft Ihnen das weiter!«, sagte er und schob den Brief über den Schreibtisch. »Ich habe bereits eine Revision bei der Kirchenleitung beantragt.«

»Gut!« Arnim schien das Gespräch beenden zu wollen.

»Sind Sie denn beim Mord an Würthing weitergekommen?«

»Nicht sehr viel.« Arnim schien ärgerlich. »Wir haben keine Zeugen auffinden können, die Würthings Kontakt zu einem Menschen bestätigen würden, der einer solchen skrupellosen Tat fähig wäre.«

»Und Mahler?« Arnim lachte. »In dieser Charge der Gesellschaft macht keiner sich die Hände selber schmutzig. Im Übrigen war er in der fraglichen Zeit ohnehin nicht in Heidelberg. Außerdem: Ein Mann seiner Intelligenz hätte den Mord geschickter als Selbstmord getarnt. Wir suchen weiter.«

»Eine Frage noch!« Jakob blieb hartnäckig. »Ist Würthing auch sicher unter den Kunden des Maklers?«

»Der Name schon. Wie weit er in die Geschäfte verwickelt ist, kann ich noch nicht sagen. Wir sind noch bei der Überprüfung, und die braucht Zeit«, sagte Arnim und rückte seinen Stuhl nach hinten, ein deutliches Zeichen, dass er das Gespräch nun wirklich beenden wollte.

Jakob brachte Rachel zu ihrem Hotel zurück. Sein Urlaub ging langsam zu Ende, am nächsten Sonntag würde er wieder auf der Kanzel stehen müssen. Es schien ihm inzwischen sogar verlockend, wieder zu arbeiten. Der Organist brauchte die Liedangaben, sicher würde er sich wundern, schon so früh informiert zu werden und nicht erst wie sonst kurz vor dem Samstag. Und er selbst wollte sich endlich einmal rechtzeitig an die Predigt setzen. »Bis morgen«, sagte er zu Rachel. Sie hielt ihn am Arm fest. »Bis morgen? Du sitzt doch dann an deiner Predigt, da hast du doch sowieso keine Zeit.«

»Zeit nicht, aber es muss einer da sein, der das Telefon bedient. Ich erwarte morgen einige Anrufe, und die würden mich nur stören.«

»Ich als deine Sekretärin – bitte, ja?«

»Die Anrufe werden ohnehin eher für dich interessant sein.« Jakob setzte sich anscheinend ungerührt über ihren Protest hinweg, konnte seinen Stolz kaum verhehlen, als er hinzufügte: »Ich habe eine Annonce aufgegeben, die erscheint morgen. Ich sollte dir doch bei der Suche nach einer Wohnung behilflich sein.«

Er drehte sich um und ging, sie stand mit offenem Mund da, machte Anstalten, ihm nachzulaufen, blieb dann aber doch stehen. Er ist doch mehr als nur ein großer, netter Junge, dachte Rachel bei sich, als sie an der Rezeption ihren Zimmerschlüssel verlangte.

Unruhe

Er fand an diesem Abend keine Ruhe zum Nachdenken. Kaum hatte er sich an den Schreibtisch gesetzt, die Bibel aufgeschlagen und den Predigttext gelesen, da klingelte das Telefon. Cora. Für einen Augenblick stockte Jakob der Atem. Kam jetzt die große Aussprache?

»Hallo, du – ich habe wenig Zeit, ich sitze an der Predigt!«, gab er vor. Ihre Stimme war schrill, offenbar war sie sehr aufgeregt. Sie wolle ihn nicht lange stören, aber sie sei sehr beunruhigt. Seit Tagen versuche sie ihren Mann zu erreichen, aber er melde sich nicht. Jakob versuchte sie zu beruhigen, aber es gelang ihm nicht. Ob er irgendetwas von ihrem Mann wisse. Ihre Frage kam Jakob vor wie aus einer fernen Vergangenheit.

Nein, er wisse nichts, sagte Jakob, und dann: »Was ist denn eigentlich los?«

Im gleichen Augenblick bereute Jakob diese Frage, er kannte Cora eigentlich gut genug. Sie telefonierte leidenschaftlich gern und fand schwer ein Ende. Sie habe ihm per Brief mitgeteilt, dass sie sich scheiden lassen werde. Ihre Ehe sei ihrer Meinung nach gescheitert. »Du weißt ja, ich habe ihr schon damals, als wir uns kennen lernten, nur noch wenig Zukunft gegeben. Die Zeit ohne dich war erst schwer, aber langsam habe ich begreifen müssen, dass auch wir keine Zukunft gehabt hätten.« Ganz gleich, ob er nun eine andere Frau kennen gelernt habe oder nicht. Vor einer Woche sei sie in Heidelberg gewesen und habe ein paar Sachen aus dem Haus geholt, sie wohne jetzt bei Margret – »sie ist die einzige, die mich wirklich unterstützt!«

Jakob war zu höflich, ihren Wortschwall zu unterbrechen. Wahrscheinlich tat es ihr auch gut, wenn er ihr zuhörte. Es schien so, denn sie redete ohne Pause: Sie sei ihm gar nicht böse, und es wäre doch ganz schön, wenn sie sich später einmal wieder treffen könnten. Das fand Jakob zwar nicht, ließ aber dennoch ein gedehntes »Ja« hören. Auf jeden Fall habe sie ihren Mann schon an diesem Tag nicht gesehen, habe ihm aber ein paar Zeilen hinterlassen. »Er hat sich nicht bei mir gemeldet, findest du das nicht auch merkwürdig?«

Was wusste er von Bergers Gewohnheiten? Sie hatten ihn in der Vergangenheit nur insoweit interessiert, als er mit Cora Bergers Abwesenheit zu einem Treffen nutzte. Und dazu war reichlich Gelegenheit gewesen. Mehr wollte er damals auch nicht wissen – und heute war ihm selbst das egal.

»Vielleicht ist er nur unterwegs?« Das war unvorsichtig. »Hörst du mir eigentlich zu?«, fragte Cora aufgebracht. »Glaubst du, ich hätte nicht alles in Bewegung gesetzt, um das herauszufinden? Er ist verschwunden, wirklich. Und du könntest mir helfen!«

»Ihn suchen? Wie stellst du dir das vor?«

»Dann eben nicht«, hörte er sie noch sagen, dann knackte es laut im Hörer, die Verbindung war unterbrochen. Cora hatte offensichtlich wütend aufgelegt. Er würde am Montag Arnim anrufen und ihn über Bergers Verschwinden informieren.

Es fiel ihm schwer, sich auf die Predigt zu konzentrieren. Immer wieder wanderten seine Gedanken vom biblischen Text zu dem Bittbrief der Brasilianer.

Es konnte eigentlich gar nicht sein, dass nur die Spenden veruntreut wurden. Die Beträge waren nicht hoch genug, als dass sie sich wirklich rentiert hätten. Mahler wahrscheinlich, Berger und sicher ein Verbindungsmann, mit dem man die Börsengeschäfte abwickeln musste – selbst gute Gewinne würden dann, durch drei geteilt, nicht wirklich zu Buche schlagen. Außerdem schien ihm dieser Betrug zu einfach und viel zu kurzlebig.

Jakob legte die Bibel beiseite und nahm sich die Kopie des letzten Haushaltsplanes aus den Akten von Würthing vor. Er ging die Zahlen durch und fand nichts Auffälliges. Auch die

Spende an die Brasilianer war ordentlich eingestellt, aber offenbar nicht bezahlt worden. Wie lange schon, das würde sich bald herausstellen.

Dann verglich er die Zahlen der tatsächlich angefallenen Baukosten mit den Voranschlägen – die ja ausschließlich von Berger stammten. Die Tatsache, dass die Abrechnungen höher waren als die Voranschläge, war nichts Ungewöhnliches. In der Regel kalkulierten die Unternehmer an der untersten Grenze, um den Zuschlag zu bekommen. Lag der Abrechnungsbetrag dann rund 20 % über dem Voranschlag, ließ sich das in der Regel einleuchtend erklären. Gestiegene Materialkosten, gestiegene Löhne, die Bauzeiten waren meist lang, da musste ein Spielraum bleiben. Als Jakob allerdings die einzelnen Zahlen genauer verglich, machte er eine merkwürdige Entdeckung. Die tatsächlichen Ausgaben deckten sich haargenau mit den zuerst von Berger eingereichten Voranschlägen, die er erst in der Akte von Würthing zu Gesicht bekommen hatte.

Und dann fiel ihm noch etwas auf: Die Zahlungen wurden nicht als Gesamtbetrag am Ende der Bauarbeiten angewiesen, sondern immer in einzelnen Tranchen. Das war zumindest unüblich, in der Regel wartete man den Abschluss der Bauarbeiten ab, um eventuelle Unzulänglichkeiten am Bau oder Einwände gegen die Ausführung reklamieren zu können.

»Jetzt nur nicht verwirren lassen«, dachte Jakob. Diese Bausachen waren wahrscheinlich nur ein Nebengleis. Unregelmäßigkeiten ohne tatsächliche Bedeutung. Ein bisschen Filz in der Kirche, mehr nicht. Immerhin aber ein Hinweis auf eine doch recht vertrauliche Beziehung der Beteiligten zueinander.

Jakob wandte sich den Einnahmen zu. Plötzlich wurde er hellwach. Die Einnahmen aus den Kapitalanlagen zum Beispiel sanken in den vergangenen Jahren kontinuierlich. Das musste zunächst nichts heißen. Gelegentlich stieß die Kirchengemeinde einige ihrer Kapitalanlagen ab, um Geld für unvorhersehbare dingende Kosten zur Hand zu haben. Aber das regelmäßige Absinken schien ihm unwahrscheinlich. Da lag einiges im Argen. Er verglich die Daten der Eingänge der Kapitalerträge. Die waren unregelmäßig, aber das allein war noch nicht verdächtig. Dividenden waren zu unterschiedlichen Daten fällig, aber hielten doch einen gewissen Zeitrahmen ein. Dann stolperte er über die Erträge im vergangenen Herbst. Da klaffte eine unübliche Lücke bei den Eingängen. Unter dem Strich allerdings stimmten letztlich die Erträge ungefähr mit den Vorjahren überein.

Ein furchtbarer Verdacht stieg in ihm auf. Sollte es tatsächlich so sein, dass Berger und Mahler – wie weit Würthing beteiligt war, konnte Jakob nicht sagen, aber er traute dem Alten diese Verantwortungslosigkeit nicht zu – über Jahre hinweg Gelder aus dem Kirchengemeindehaushalt herausgezogen, damit Börsengeschäfte finanziert und die vorher veruntreuten Gelder je nach Höhe des Gewinns wieder zurückgezahlt hatten? Dass er das als Finanzausschussvorsitzender nicht bemerkt hatte, war kein Wunder. Der Finanzausschuss beriet stets über die laufenden Ausgaben. Der so genannte »Kapitalhaushalt« aber war ein Sonderhaushalt, dessen genauen Umfang er nicht kannte und über den nur der jeweilige Dekan detailliert informiert war. Er selbst hatte lediglich darauf zu achten, dass die Erträge aus den Kapitalanlagen in den laufenden Haushalt eingestellt wurden.

Damit kam nur ein Revisor zurecht. Ärgerlich schob Jakob die Akten beiseite. Bilanzen statt biblischer Texte. Während des Studiums hatte er es sich nicht träumen lassen, dass er einmal einen großen Teil seiner Arbeitskraft dazu einsetzen müsste, über günstige Geldanlagen zu brüten.

Er versuchte sich erneut auf den Bibeltext zu konzentrieren. »Jesus treibt die Wechsler aus dem Tempel.« Wie aktuell das Thema war – aber konnte er ein Wort darüber sagen? Am

Sonntag von der Kanzel? Die Menschen, die sonntags ihre Andacht suchten, ein wenig Abstand von den Sorgen und Schwierigkeiten brauchten, die sie ohnehin belasteten, noch einmal und wieder mit Dingen belästigen, die gar nicht ihre Sache waren? Nein, er würde über einen anderen Bibelabschnitt predigen. Jakob legte die Bibel endgültig beiseite.

Warum seine Gedanken auf einmal zur Witwe von Würthing wanderten? Die Frau tat ihm Leid. Sie trug ihre Trauer mit Würde, ohne falsches Pathos. Sie musste ihren Mann wirklich geliebt haben. Wie wahre Liebe wohl im Alter ist, dachte Jakob vor sich hin – ohne die Leidenschaft und Ungeduld der Jugend, vielleicht ein warmer, sanft fließender Strom von einer Seele zur anderen? Aber ein paar Steine werden auch mitschwimmen, eben was ein Strom so mit sich führt. Geröll, Unrat aus der eigenen Seele, die einen anderen verletzen, ohne dass man es will?

Warum hatte Frau Würthing ihm eigentlich so bereitwillig den Zugang zu den privaten Unterlagen ihres Mannes freigegeben? Vielleicht war sie vollkommen ahnungslos. Aber das konnte Jakob nicht glauben. Vielleicht hoffte sie ja auch, dass er mehr herausfinden könnte über das plötzliche Ende ihres Mannes? Er würde sie morgen besuchen, ganz gleich, wie weit er mit seiner Predigt gekommen sei.

Und Rachel? Warum sollte sie nicht morgen früh einfach an seinem Schreibtisch sitzen und die Telefonate entgegennehmen – es war ja schließlich ihre Wohnung, um die es gehen würde.

Die Witwe

Am nächsten Morgen kam Rachel schon um acht Uhr. »Ich dachte, die Anrufe gehen früh los«, sagte sie, als sie Jakob an der Tür umarmte.

Er erklärte ihr kurz, was er geplant hatte, sie war einverstanden und setzte sich an seinen Schreibtisch, als sei sie das gewohnt.

Jakob rief wenig später bei Frau Würthing an, ja, in einer Stunde könne er kommen. Johanna Würthing schien auf seine Anfrage gewartet zu haben, so rasch antwortete sie auf seine Bitte.

Als sie ihm die Tür öffnete, verstärkte sie diesen Eindruck noch. »Ich habe auf Sie gewartet«, sagte sie einfach, und dann: »Müssen Sie morgen auf die Kanzel?«

»Das geht schon«, wehrte Jakob ab.

»Einen Kaffee?« Johanna Würthing führte ihn ins Dienstzimmer ihres Mannes, bat ihn Platz zu nehmen. Als er nickte, verließ sie das Zimmer, kam aber schon wenige Augenblicke später mit einem Tablett zurück, zwei gefüllte Tassen, Milchkännchen, Zuckerdose. Offenbar hatte sie sich auf seinen Besuch vorbereitet.

Sie muss eine schöne Frau gewesen sein, dachte Jakob, als sie auf ihn zuging. Das Alter hatte ihren Kopf etwas nach vorn geneigt und die Schultern in eine leichte Bogenform gezwungen, aber ihre aufrechte Haltung strahlte noch immer den Stolz einer Frau aus, die sich gern ansehen lässt. Ihre kleinen Schritte wirkten eher graziös, und tatsächlich stellte sie das Tablett mit einem deutlichen Hüftschwung vor ihn auf den Tisch. »Milch?« Ihre linke Augenbraue zog sich dabei leicht nach oben und gab der Frage einen koketten Beigeschmack.

Sie setzte sich, strich ihr schwarzes Kleid über dem Knie glatt, beugte sich leicht nach vorn. »Sie haben alles herausgefunden!«

Das Kompliment, das Jakob auf der Zunge lag, blieb ihm im halboffenen Mund stecken. »Was – alles?«

»Herr Erdmann, mein Mann und ich hatten ein sehr offenes Verhältnis. Wir haben uns geliebt.«

Sie versuchte ihrer Stimme einen festen Klang zu geben, konnte ein leises Zittern aber nicht verbergen. »Wahrscheinlich sind Sie gekommen, um von mir zu hören, wie es sein kann, dass mein Mann in diesen peinlichen Betrug verwickelt war.« Und noch ehe Jakob antworten konnte, setzte sie hinzu: »Nein, es hat wirklich nicht zu ihm gepasst. Er war kein Muster an Moral, das stimmt, und wer wüsste das besser als ich. Aber er war kein skrupelloser Betrüger.«

»Das glaube ich auch nicht«, ließ Jakob sich auf ihr Spiel ein. »Ehrlich gesagt – ich habe noch nicht viel herausbekommen, ahne mehr, als ich wirklich weiß.«

»In der Sache selber kann ich Ihnen nicht sehr viel weiterhelfen. Mein Mann hat mir nicht alles haarklein erzählt. Aber ich weiß, dass er lieber heute als morgen alles aufgedeckt hätte, wenn nicht ...« Sie ließ den Satz offen. Jakob nahm die Tasse vom Tablett, trank aber nicht, sondern sah die Frau erwartungsvoll an.

Sie gab sich sichtlich einen Ruck. »Es ist zwanzig Jahre her, als mein Mann einen für ihn verhängnisvollen Fehler machte. Ich erspare Ihnen die Einzelheiten. Wir waren damals sechzehn Jahre verheiratet, da verliebte er sich Hals über Kopf in eine Lehrerin. Damals lebten wir in einer Gemeinde in Freiburg. Ich ahnte lange nichts, Sie wissen selbst, dass ein Pfarrer selten zu Hause ist und sich um seine Familie eigentlich nicht so kümmern kann, wie es sein sollte. Später, als sich ein Drama anbahnte, hat er gestanden, dass die Beziehung schon zwei Jahre dauerte. Die

Gemeinde ahnte ebenso wenig wie ich. Und außer mir weiß auch bis heute niemand davon. Das heißt: Mahler weiß davon. Er hatte meinen Mann in der Hand.«

Sie schwieg, senkte den Blick und strich sich wieder das Kleid über die Knie, obwohl es so glatt war wie zu Beginn des Gesprächs.

Jakob nahm einen kleinen Schluck aus der Tasse, die er noch immer in der Hand hielt.

Sie sah ihn wieder an. Ihre hellblauen Augen bekamen jetzt etwas Starres, und es schien, als sehe sie durch ihn hindurch.

»Die Frau erwartete ein Kind. Das war der Moment, in dem mein Mann mir seine Beziehung gestand. An Scheidung war damals nicht zu denken. Was für Menschen außerhalb der Kirche längst möglich war – für einen Pfarrer ist eine Scheidung immer noch ein Skandal gewesen. Ein Bruch in der kirchlichen Laufbahn, der nicht verheilt. Aber darauf habe ich mich nicht verlassen. Ich habe um ihn gekämpft, schließlich hatten wir zwei Kinder, und ich liebte ihn wirklich.«

Sie nahm ihre Tasse vom Tablett, nahm einen Schluck, dann setzte sie die Tasse hart ab, stand auf und trat ans Fenster. »Er wusste damals nicht, wie er sich entscheiden sollte. Eigentlich war das das Schlimmste – seine Unentschlossenheit, seine Zweifel an sich und an seinen Gefühlen, auch wie er sich mit seinem Gewissen abplagte. Was, wenn sein Verhältnis« – sie dehnte dieses Wort unnatürlich und zog dabei die Mundwinkel nach unten – »wenn das bekannt würde? Versetzung, Disziplinarverfahren, er wäre irgendwo in Badisch-Sibirien gelandet. Aber das können Sie sich alles denken.« Dabei drehte sie sich wieder zu Jakob um.

»Es kam anders. Die Frau hat das Kind nie zur Welt gebracht. Als sie im vierten Monat war, hatte sie eine Fehlgeburt. Die beiden ...«, sie brach ab, atmete tief ein. »Diese Frau hat die

Fehlgeburt wie ein Gottesurteil empfunden. Sie hat die Beziehung abgebrochen.«

Sie setzte sich Jakob wieder gegenüber. Er sah, wie in ihre Augen langsam wieder das Leben zurückkehrte. »Irgendwann ist die Wunde verheilt. Meine – und seine.«

Und Mahler, hätte Jakob gern gefragt, aber die Achtung vor dieser Frau verbot ihm jede Frage. Sie hatte ihm ihr Geheimnis offenbart, er scheute davor zurück, weiter in sie zu dringen.

Sie saßen einander lange schweigend gegenüber, beide mit gesenktem Blick. Und als hätte Johanna Würthing seine stumme Frage gehört, wandte sie sich ihm erneut zu: »Wie Mahler von dieser Geschichte erfahren hat, kann ich Ihnen nicht genau sagen. Möglich, dass die Frau irgendwann einmal einen Pfarrer aufgesucht und gebeichtet hat. Jedenfalls muss Mahler auf irgendeinem Weg davon erfahren haben. Und der hat zwei und zwei zusammengezählt. So haben mein Mann und ich uns jedenfalls die Geschichte erklärt. Gleichviel – er wusste, dass mein Mann und diese Frau ein Verhältnis hatten.«

»Und was hat Mahler unternommen?« Es war die erste Frage, die Jakob zu stellen wagte. Und es blieb die einzige.

»Mein Mann kandidierte bei der Wahl zum Dekan. Noch vor der Wahl kam Mahler unangemeldet zu Besuch. Mein Mann war damals nicht stark genug, seine Kandidatur zurückzuziehen. Das hat ihn erpressbar gemacht.«

Sie schwieg.

»Haben Sie das alles der Polizei erzählt?«

»Warum sollte ich? Als der Kommissar mir sagte, mein Mann sei umgebracht worden, davon sei er überzeugt, und mich bat, ihm Feinde meines Mannes zu nennen, da habe ich mich gescheut, Mahler in Verdacht zu bringen. Ich kann mir einfach nicht vorstellen, dass ein Oberkirchenrat einen Menschen ermordet. Sie werden fragen, ob ich ihm die Erpressung zutraue. Ja, sie ist in der Kirche durchaus denkbar, wie in jeder Familie. Aber jemanden des Mordes verdächtigen, noch dazu gegenüber der Polizei – das ist etwas anderes.«

Dann stand sie unvermittelt auf, sah ihn an und sagte mit leiser Stimme: »Würden Sie mich jetzt bitte allein lassen?«

Die Predigt

Jakob brannte darauf, Rachel zu erzählen, was er von Johanna Würthing erfahren hatte. Er genoss die Vorfreude regelrecht, nicht weil er sich interessant machen wollte mit der Sensation. Zum ersten Mal kam er nach Hause und würde jemandem begegnen, der dort auf ihn wartete und mit dem er teilen konnte, was er erlebt hatte. Johanna Würthing hatte ihn tief bewegt, und wenn er es Rachel erzählen konnte, würde ihm leichter werden. Das wusste er.

Als er seine Tür öffnete, blieb es still. Rachel war gegangen. Auf dem Schreibtisch eine Notiz in ihrer schwungvollen Handschrift. »*Mein Jakob*« – die Anrede allein schon milderte die Enttäuschung ab. »*Vielleicht habe ich eine Wohnung gefunden. Ich muss sie gleich ansehen. Gern hätte ich dich dabei gehabt, aber ich wusste nicht, wann du zurückkommst. Ich melde mich. Rachel.*«

Er versuchte sie im Hotel zu erreichen – vergeblich. »Geduld ist eine Eigenschaft, die keiner in die Wiege gelegt bekommt« – warum er jetzt an seine Mutter denken musste, wusste er nicht, aber sie hatte das manchmal zu ihm gesagt, wenn er etwas nicht erwarten konnte. Also Geduld.

Er nahm sich seine Predigt vor – irgendwie sollte sie heute schon fertig werden – oder wenigstens halb fertig, den Rest würde er am Sonntag früh schreiben. Er war morgens ohnehin konzentrierter. Allein, so angestrengt er auch versuchte, seine Gedanken zu sammeln, es wollte ihm nicht gelingen.

»*Mein Haus soll ein Haus des Gebets heißen, und ihr habt daraus eine Räuberhöhle gemacht*«, las er in der Bibel und dachte an Mahler und Würthing und dessen Ermordung. Wie harmlos die Wechsler im Tempel in Jerusalem waren gegen das Verbrechen, dem er auf der Spur war! Diese Händler und Wechsler damals wurden dringend gebraucht, wie sollten die Leute, die zum Tempel pilgerten, sonst die besondere Währung bekommen, die sie zum Kauf von Opfertieren brauchten, wenn nicht diese Geldwechsler da gewesen wären? Wenn das schon ausgereicht hat, Jesus in Rage zu bringen, was musste er dann erst empfinden, wenn er den Betrug in Heidelberg mitbekam?

Du bist zu nahe an der Wirklichkeit, als dass du diesem Bibeltext wirklich gerecht werden könntest, dachte Jakob und zweifelte daran, ob er überhaupt ein Wort für die Predigt über diesen Text zustandebringen würde.

Das Telefon unterbrach ihn. Rachel. Die Wohnung sei ein Flop, ob sie ihn noch stören dürfe. Nichts lieber als das, dachte Jakob, laut sagte er: »Bitte komm.«

✦

Sie kam. Und zum ersten Mal in ihren zahlreichen Begegnungen erzählte Jakob nicht erst von sich, sondern fragte besorgt, ob sie denn sehr enttäuscht sei. Und zum ersten Mal war Rachel sprachlos, nur einen kurzen Augenblick freilich, aber er spürte ihre Überraschung. Sollte es tatsächlich so sein, dass er immer nur an sich dachte und von sich sprach, wenn sie sich sahen?

Der Nachmittag war lang. Und tat gut. Beiden. Jakob fand den Mut, sie nach allem zu fragen, was sie in ihrem Brief angedeutet hatte, den sie ihm vor ihrem Aufbruch nach Rom geschrieben hatte. Ja, sie wolle zurück nach Deutschland, das Leben als Fremdenführerin in Rom sei eigentlich immer nur eine Zwischenlösung gewesen. Dass aus dem Lehrauftrag an der Uni in Rom nicht mehr geworden sei, habe daran gelegen, dass sie eben nicht promoviert sei. Aber sie habe bereits ein Thema erarbeitet – und das sei ein Grund dafür gewesen, dass sie mit ihm kurzentschlossen nach Heidelberg gereist sei.

»Und ich habe gedacht ...«, sagte Jakob, als sie in ihrer Erzählung beim Aufbruch aus Rom angekommen war.

»Ich wäre nicht mit jedem mitgefahren«, lachte sie, aber ihre Augen lachten nicht mit.

✦

Am Sonntagmorgen stieg Jakob zum ersten Mal in seinem Pfarrerleben mit einer fremden Predigt auf die Kanzel. Er hatte eine Rede des von ihm verehrten berühmten Theologen Karl Barth ordentlich auf Heidelberger Verhältnisse zurechtgestutzt, und das Gefühl, geliebt zu werden, verlieh seiner Stimme wohl einen Unterton der Freiheit – er predigte so engagiert, dass er sogar glücklich war, als einer der Gottesdienstbesucher ihm beim Abschied sagte: »Herr Pfarrer, das war die beste Predigt, die ich bisher von Ihnen gehört habe. Glückwunsch.« Barth ist gut, dachte er bei sich, aber Barth mit einem Schuss Jakob ist noch besser.

Rachel hatte ihn zum Mittagessen eingeladen. »Du warst mir so fremd«, war ihre erste Bemerkung über den Gottesdienst. »Jakob und doch nicht Jakob.«

»Fremd – warum? Ich war doch ich!«

»Schon, aber anders. Ich weiß nicht, ob es nur an deinem schwarzen Talar liegt. Du bewegst dich auch anders, sprichst anders. Aber irgendwie auch eindrucksvoll.«

Am Nachmittag, bei einem kleinen Spaziergang – Rachel hatte sich gewünscht, endlich einmal neben ihm auf dem Philosophenweg den berühmten Blick aufs Schloss zu erleben, von dem sie gelesen hatte – erzählte Jakob vom Gespräch mit Johanna Würthing.

»Wir müssen das morgen Arnim erzählen.« Rachel schien mehr erregt, als sie es eigentlich aufgrund seines Berichts sein musste.

»Du weißt, dass er einen Verdacht gegen Mahler hat.«
»Das hat er mir schon erzählt.«
»Weshalb Arnim mich gebeten hat, mich mit Mahler zu treffen, hatte den Grund, dass ich vielleicht etwas über seine Verbindung zu Würthing herausbekomme. Es ging Arnim wohl nur um ein Stimmungsbild. Eine Art psychologisches Profil der Beziehung. Arnim kannte Würthing aus einigen Begegnungen und schien überrascht, dass dieser in seinen Augen integre Mann sich auf Luftgeschäfte mit Mahler einlassen würde.«

»Luftgeschäfte? Welche Luftgeschäfte?« Jakob horchte auf.

»Genauer kann dir das nur Arnim sagen. Er hat angedeutet, dass Mahler offenbar an riskanten Börsengeschäften beteiligt war.«

»Und wie hast du es überhaupt angestellt, Mahler auf Würthing anzusprechen?«

Rachel sah ihn verwundert an. »Nichts einfacher als das. Ich habe ihm die Wahrheit über dich und unser Zusammentreffen in Rom erzählt. Und gefragt, wie ernst er deine vorübergehende Suspendierung einschätzt, die Würthing ausgesprochen hat.«

»Die ganze Wahrheit – ich meine, auch unsere?« Jakob wurde unwohl.

»Und wenn?« Rachel konnte sich einen leichten Spott nicht verkneifen.

»Immerhin ist er Personalreferent, und der braucht nicht alles zu wissen.«

Rachel ließ sich nicht aus der Ruhe bringen. »Vermutlich war er es, damit ist es jetzt wohl aus.« Aber dann setzte sie dem Spiel ein Ende. »Natürlich habe ich die Wahrheit fein dosiert. Zurück zu Würthing. Ich habe selten jemanden so verächtlich über einen Kollegen sprechen hören. Noch dazu über einen verstorbenen. Ich solle mir wegen deiner Suspendierung keine Sorgen machen, er wisse schon, wie er die Entscheidung Würthings einzuschätzen habe. Er muss Würthing gehasst haben. Und hassen kann man nur einen Menschen, mit dem man eine Geschichte hat. Denke ich.«

Und nach einer kleinen Pause setzte sie hinzu: »Vermutlich musste Würthing sterben, weil er gedroht hat, Mahler auffliegen zu lassen. Was sollte ihm denn noch passieren können – eine alte Beziehungsgeschichte, die längst der Vergangenheit angehörte? Wahrscheinlich hätte er sich in den Vorruhestand zurückgezogen, und die Kirchenleitung hätte ihm wohl kaum Steine in den Weg gelegt.«

Jakob widersprach. So einfach sei das nicht. »In der weltlichen Gesellschaft verjährt eine Untat. In der Kirche – so seltsam das klingen mag, weil sie doch als erste eine Institution ist, die Vergebung predigt und üben sollte – in der Kirche wird ein Mensch verfemt, wenn er eines solchen Fehltritts schuldig wurde. Und ihn zudem verheimlicht hat. Die Frage ›Was hätte ihm passieren sollen?‹ geht ins Leere. Natürlich nichts – außer dass er seinen Ruf als integrer Mann und Seelsorger verloren hätte. Verfemt – so könnte man den Mann nennen. Der Verlust des Rufes kann in der Kirche schlimmer sein als das Ende einer beruflichen Laufbahn.«

Der Kommissar

Der Montag begann mit einer Überraschung. Die Tageszeitung brachte eine Meldung. »Kirchenrat wegen Mordverdacht verhaftet!« Im Artikel, der den scheinbaren Selbstmord Würthings – nach neuen Erkenntnissen der Polizei – als Mord schilderte, dessen genaue Umstände noch geklärt werden müssten, zwei Fotos. Eines von Mahler, das andere das breite Gesicht des Mannes, dem Jakob in Rom und vor dem Amtszimmer Mahlers begegnet war. »Wilfried Domhardt« stand darunter, dieser Domhardt habe im Auftrag Mahlers den Dekan getötet, aller Wahrscheinlichkeit nach mit einer Spritze, und habe versucht, einen Selbstmord vorzutäuschen. Ungeklärt sei noch, warum Würthing sich nicht gewehrt habe, sein Körper habe jedenfalls keinerlei Spuren eines Kampfes getragen. Domhardt sei wegen einer Schlägerei in einer Kneipe in der Unteren Straße in Heidelberg festgenommen worden und habe im Verlauf des Verhörs angegeben, er sei als Aushilfsfahrer bei Kirchenrat Mahler beschäftigt, nicht wissend, dass gegen Mahler bereits ermittelt wurde. Über die Motive des Mordes gebe es noch keine Klarheit, Mahler sei noch in der Nacht zum Sonntag verhaftet worden, er sei weitgehend geständig. Jakob versuchte Arnim zu erreichen, der war aber unterwegs und würde erst am Mittag zurück sein.

Am frühen Nachmittag saß er dem Kommissar schließlich gegenüber. Arnim wirkte eilig, schien zu erwarten, dass Jakob ihn lediglich ausfragen wolle. Doch kaum hatte Jakob begonnen zu berichten, was Johanna Würthing ihm zwei Tage zuvor erzählt hatte, beugte er sich zur Seite, griff in die linke Schublade seines Schreibtischs.

»Moment«, sagte er. Dann stellte er ein Aufnahmegerät auf den Tisch. »Ich darf doch? Wissen Sie, ich vergesse manches, wenn ich vielerlei Informationen gleichzeitig aufnehmen soll. Und ich habe jetzt nur eine halbe Stunde Zeit.«

Als Jakob alles erzählt hatte, lehnte sich Arnim zurück. »Das erklärt manches!«, sagte er bedächtig.

»Rachel hat irgendetwas von Luftgeschäften erzählt, in die Mahler Würthing verwickelt habe«, versuchte Jakob anzuknüpfen.

»Das ist richtig. Es geht schlicht um Termingeschäfte. Sie wissen, was das ist?«

Jakob wusste darüber nichts Genaues, seine Finanzkenntnisse reichten gerade dazu aus, den laufenden Haushalt der Kirchengemeinde zu verstehen, und manchmal hatte er auch damit Schwierigkeiten. Vermögen hatte er nicht, und das Gleichnis, das Jesus in der Bibel erzählte, man solle mit den anvertrauten Pfunden wuchern, verstand er lediglich im geistlichen, also übertragenen Sinn, und da wucherte er in der Tat, so gut er konnte.

»Kurz gesagt« – Arnim wartete die Antwort des jungen Pfarrers gar nicht ab. »Es geht um eine Art gezielten Einkaufs und Verkaufs von Devisen und Wertpapieren. Man spekuliert auf Sinken oder Fallen der Kurse zu einem bestimmten Datum. Wer die Entwicklung gut prognostizieren kann, kann damit in kurzer Zeit einigen Gewinn machen.«

»Aber auch verlieren«, wandte Jakob ein.

»Das ist richtig.« Arnim räusperte sich laut. »Aber wer gute Beziehungen zu einem Mittelsmann wie unserem Börsenmakler hat, der riskiert weniger. Er legt nicht den gesamten Nennbetrag an, sondern lediglich 10 % der Summe, das heißt, die Einlagesumme ist klein, der Spekulationsgewinn aber sehr hoch.«

»Habe ich richtig verstanden: Ich lege beispielsweise 100 000 Euro ein, spekuliere aber in Wirklichkeit mit einer Summe von einer Million?«

»So ungefähr.« Arnim lächelte nachsichtig. »Im Fall Mahler ist die Sache jahrelang gut gelaufen. Er hat Gelder aus dem Kapital der Kirchengemeinde mit Wissen von Würthing abgezogen, einen Teil seiner Gewinne wieder in den Haushalt zurückfließen lassen, so dass der Kirchengemeinde kein Schaden entstanden ist.«

»Das habe ich mir schon gedacht«, sagte Jakob und erzählte Arnim von den unterschiedlichen Zeiträumen, zu denen die »Kapitalerträge« im Haushalt verbucht waren.

»Das hat der Kollege Koller auch bemerkt.« Arnim lehnte sich zurück.

»Dann begann der Anfang vom Untergang. Die Gewinne blieben aus, Mahler aber war längst manisch der Spekulation verfallen. Sie hatte ihm doch immer gute Gewinne gebracht. Sie haben doch sein Haus gesehen? Das ist für einen Kirchenbeamten eine Handschuhnummer zu groß, selbst in der Position Mahlers.«

Jakob nickte, allerdings hatte er beim Betreten der Mahlerschen Wohnung an andere Dinge gedacht als daran, ob Mahler sich diesen Luxus leisten konnte.

»Und Berger? Welche Rolle spielte Berger dabei?«

»Berger und Mahler kannten sich aus der Zeit, in der Mahler in Heidelberg war. Mehr als eine geschäftliche Partnerschaft, die beiden hatten sich im Studium kennen gelernt. Beide waren wohl zur gleichen Zeit im ASTA, im Allgemeinen Studentenausschuss. Berger hatte damals noch Jura studiert, erst dann hatte er zum Architekturstudium gewechselt und war nach Essen gezogen. Die Verbindung zwischen beiden hatte offenbar auch die räumliche Trennung überdauert. Offenbar hat Mahler seinem Freund dann später, als er in Heidelberg Dekan war und Berger nach Heidelberg zurückgekommen war, einige lukrative Aufträge zugeschanzt. Irgendwann muss dann der gemeinsame Plan entstanden sein, mit Kirchengeldern zu spekulieren. Wann genau, das werde ich bald herausgefunden haben. Als Mahler dann Karriere machte, in die Kirchenleitung aufrückte und nach Karlsruhe zog, blieb Berger Mahlers Verbindungsmann in Heidelberg.«

»Verbindungsmann – wozu?«

»Einerseits zu Würthing, dem Mahler wohl nie recht getraut hat. Zudem wickelte Berger wohl die Börsengeschäfte in seinem Büro ab. Wahrscheinlich weil Mahler das über sein Büro kaum hätte verheimlichen können.«

»Berger ist verschwunden«, sagte Jakob. Arnim zog die Augenbrauen hoch. »Woher wissen Sie das schon wieder? Wir haben ihn überwacht und tatsächlich aus den Augen verloren.«

»Seine Frau hat mich angerufen und gefragt, ob ich wisse, wo er ist.«

»Sie kennen Cora Berger doch näher?«

Jakob wurde rot. Nein, nein, wollte er sagen, fand diese Angabe aber im gleichen Moment, in dem sie ihm einfiel, trivial. »Wie ich schon sagte: Wir haben uns auf einem Seminar kennen gelernt.«

»Wohl doch näher?« Arnim schien unerbittlich.

»Ja.« Jakob rutschte unruhig auf seinem Stuhl hin und her. »Ist das wichtig?«

»Nicht unbedingt«, sagte Arnim, und dann ganz nebenbei: »Aber interessant.«

Und nach einer kurzen Pause: »Kein Zweifel, Berger ist flüchtig. Aber wir werden ihn schon finden.«

Er lehnte sich wieder in seinem Stuhl zurück. »Die grobe Lösung ist mir jetzt langsam klar. Mahler hatte Würthing in der Hand und hat mit dessen Wissen Geld aus dem Haushalt abgezweigt, um es zu investieren. Das ging jahrelang gut. Bis zu dem Zeitpunkt, zu dem die Verluste größer waren als die Einlagen. Das muss sich wie eine Lawine entwickelt haben. Woher das Geld nehmen, um die Kapitalerträge, die ja im Haushalt eingestellt waren, aufzubringen? Mahler zwang den Dekan, sich vom Spendenkonto zu bedienen. Wenn die Spenden in Brasilien nicht pünktlich eintreffen würden, würde es dauern, bis die enttäuschten Partner sich melden würden. Wer würde schon so aufdringlich sein und ein Geschenk einfordern, wenn es nicht rechtzeitig ankommt? Mahler hatte wohl damit gerechnet, dass sich über kurz oder lang wieder die Gewinne einstellten, die zuvor geflossen waren. Dann würde er selbstverständlich dafür gesorgt haben, dass das Geld überwiesen würde.«

Arnim holte tief Luft. »Dramatisch wurde es erst in diesem Jahr. Da mussten die Kapitalanlagen der Kirche in einem Ausmaß angegriffen werden, das nicht mehr ausgeglichen werden konnte. Selbst bei Riesengewinnen, die in der augenblicklichen Börsensituation ohnehin ausgeschlossen sind.«

»Aber der Betrug wäre doch spätestens Ende des Jahres aufgeflogen.«

»Wahrscheinlich schon.« Arnim beugte sich über den Schreibtisch nach vorn. »Panik«, sagte er mit Nachdruck. »Möglich, dass Mahler noch zwei, drei Monate warten wollte, vielleicht würde sich das Blatt noch wenden. Als ich Mahler vorgestern verhaftete, war er gerade auf dem Weg in die Karibik.« Arnim machte ein Pause und sah Jakob an.

»Sie haben den Brief der Brasilianer in einem kritischen Moment mitgenommen. Wenn Sie sofort seine Tragweite erkannt hätten – und das wäre durchaus möglich gewesen – hätten Sie Verdacht geschöpft und wären dem Trio vermutlich rasch auf die Schliche gekommen. Das vermuteten die drei auch, deshalb zunächst Ihre vorübergehende Suspendierung. Und am besten, Sie würden gleich aus dem Weg geräumt – dann wären die drei fürs erste ihre Sorgen los gewesen. Übrigens hat Würthing mit den Anschlägen in Rom nichts zu tun. Mahler hat dafür gesorgt, dass sein ›Faktotum fürs Grobe‹, sein so genannter Aushilfsfahrer, Ihnen nach Rom gefolgt ist.«

»Ich verstehe trotzdem nicht, wieso Mahler und Berger bei dieser schlechten Wirtschaftslage noch weitergemacht haben. Mit so hohen Gewinnen wie in den vergangenen Jahren hätten sie jetzt gar nicht mehr rechnen können.«

»Ein großer Teil der Verbrechen erklärt sich aus dem infantilen Charakter der Täter. Sie sind seelisch abhängig, leiden unter einer regelrechten Sucht. Etwas zu haben, zu besitzen, um ihre Luxusbedürfnisse möglichst rasch zu befriedigen, ohne jede Rücksicht auf andere.«

»Habgier?«

»Ein niederes Motiv, wie unser Strafgesetzbuch dieses Verhalten nennt.« Armin lehnte sich zurück.

»Irgendwann muss Würthing ausgestiegen sein. Vielleicht hat das mit Ihnen zu tun. Er muss geahnt oder vielleicht sogar gewusst haben, dass Mahler es nicht mit einem Beschatten oder Kontrollieren in Rom genug sein lassen würde. Jedenfalls wurde der Mordanschlag auf Sie in Rom offenbar von Mahler allein geplant, Sie sollten verschwinden wie Ihr Kollege vor zehn Jahren.«

»Deswegen haben Sie mich zu Frau Morgenthal geschickt?«

»Richtig. Auch wenn das Ergebnis des Gesprächs nicht mehr entscheidend für unsere Ermittlungen ist. Apropos: Haben Sie etwas erfahren können?«

»Nein – und ja«, zögerte Jakob. »Frau Morgenthal hat mir eine Kassette mit dem letzten Gruß ihres Sohnes aus Rom überlassen.«

»Und?«, beugte Arnim sich vor.

»Ein kurzer Text.« Jakob konnte ihn wörtlich zitieren. »›Geld lässt den Teufel tanzen. Und der Teufel tanzt in Heidelberg. Mitten in der Kirche, Mutter, und der Dekan tanzt mit. Mir wird ganz schwindelig vom Drehen.‹«

Jakob stützte den Kopf in beide Hände. »Wegen des letzten Satzes hat Frau Morgenthal Ihnen gegenüber die Kassette damals wohl geheimgehalten. Sie fürchtete, ihr Sohn sei in die Sache verwickelt.«

»Das glaube ich nicht.« Arnim schien eine überreiche Geduld zu haben. »Aber ich bin dabei, die Einzelheiten zu sammeln. Vermutlich hat sich Ihr Kollege damals Informationen verschaffen können, die Mahler belastet hätten. Sie wissen – damals war Würthing noch nicht Dekan – sein Vorgänger war noch im Amt. Mahler. Sie überlassen mir doch die Kassette – als weiteres Beweismittel?«

Arnim machte wieder eine bedeutungsvolle Pause.

»Wir sind daran, den Fall Würthing endgültig aufzulösen. Und der scheint ja nun klar. Nachdem Würthing seinen Ausstieg angekündigt hatte, war Mahler nicht mehr sicher, ob der Dekan ihn nicht verraten würde. Darum musste er sterben. Und damit hat er sein Faktotum beauftragt.«

Arnim schob den Stuhl zurück, streckte Jakob unvermittelt die Hand hin, ein kurzes »Danke Ihnen jedenfalls.«

Und wie beim ersten Besuch beim Kommissar stand er wieder draußen vor der Tür, noch ehe er recht begriffen hatte, dass das Gespräch beendet war.

Der Bischof

Als Jakob am nächsten Morgen das Pfarrbüro betrat, empfing ihn seine Sekretärin mit einem Gesichtsausdruck, den er an ihr nicht kannte. Wenn ein Mensch zugleich rot und blass sein kann, dann war sie es. Sie war aufgesprungen, als er in der Tür stand. »Der Bischof!« Ihre Stimme klang heiser vor Aufregung. »Eben hat der Bischof angerufen.«

»Und Sie haben nicht zu mir in die Wohnung durchgestellt?« Jakob gab sich Mühe, seiner Stimme einen ärgerlichen Unterton zu geben, aber seine Sekretärin fiel nicht darauf herein, sie kannte ihn zu gut. »Ich wollte Sie nicht unvorbereitet mit dem Bischof verbinden. Ich habe einfach gesagt, Sie würden gleich zurückrufen, Sie seien gerade mal ... ähm, ausgetreten.« Dabei stieg ihr ein leichtes Rot bis in die Haarwurzeln. Jakob lachte laut heraus. Jetzt lief sie tiefrot an.

»Mir ist nichts Besseres eingefallen«, verteidigte sie sich, »ich wollte Sie nur vorwarnen. Schließlich hat der Bischof noch nie bei uns angerufen.« Dann, nach einer kleinen Pause: »Kann das was Schlimmes sein?«

»Es ist immer schlimm, wenn der Bischof anruft!«, versuchte Jakob zu scherzen, was sie halb ärgerlich quittierte: »Sie nehmen mich nicht ernst! Ich finde das nicht fair.«

»Ich nehme Sie immer ernst«, versuchte Jakob sie zu beschwichtigen. Er nahm den Hörer zur Hand und wählte die Nummer der Bischofskanzlei. Jakob verließ das Büro absichtlich nicht, er wollte seiner Sekretärin zeigen, dass er sie wirklich ernst nahm. Um Dienstgeheimnisse konnte es ja wohl kaum gehen. Und wenn, dann würde er schon einen Weg finden, das Gespräch in seinem Dienstzimmer fortzuführen.

Das war nicht nötig. Der Bischof war nicht mehr zu erreichen, sein persönlicher Referent nahm den Anruf entgegen. Der

Bischof würde Bruder Erdmann gern sehen, wenn möglich heute Nachmittag. Jakob zögerte, nicht weil er nachdenken musste, ob er am Nachmittag nach Karlsruhe fahren könnte – es waren rein taktische Überlegungen. Das hatte er einem erfahrenen Kollegen im Markgräflerland abgeschaut. Der verriet ihm auf einem Pfarrkonvent in einer Pause: »Junger Mann, du derfsch nie der Eidruck erwecke, du hättsch immer Zeit. No denke die annere immer, du hättsch nix zum due. Vor allem: bass uff, wenn die obere anrufe. Isch sag immer, isch hab ke Zeit, morge isch besser. Dann kann ischs eirischte. Dann wisse die net, was du dusch, aber sie wisset, du hesch was zum due.«

Der Referent des Bischofs reagierte rasch auf Jakobs Zögern. »Wenn es heute nicht geht, empfängt der Bischof Sie gern auch morgen Nachmittag. Er ist zwischen 15 und 16 Uhr im Haus.«

Warum Jakob sich entschuldigte, war ihm hinterher nicht ganz klar. Heute Nachmittag, das gehe schon, er werde die Termine verschieben, die er eingeplant habe.

»Und worum geht es?« Seine Sekretärin konnte ihre Neugier nicht zurückhalten, als er den Hörer aufgelegt hatte. Das habe er gar nicht gefragt, sagte Jakob, worauf die Sekretärin leicht vorwurfsvoll bemerkte, er hätte doch fragen können.

»Wahrscheinlich geht es um Würthing und angrenzende Gebiete.« Jakob hatte keine Lust, sich jetzt mit Spekulationen über den Grund des Anrufs zu beschäftigen. Und die Zeitung hatte die Sekretärin sicher gelesen.

»Sicher sollen Sie der Nachfolger von Würthing werden!«

»Unsinn!«, wehrte Jakob ab, geschmeichelt fühlte er sich trotzdem.

Mit Rachel verabredete er sich für den Abend, er zog ihre Gesellschaft derjenigen einiger Kollegen vor, die sich einmal im Monat zu einem Lektürekreis trafen. Er wisse nicht, wann er aus Karlsruhe zurückkomme, er habe einen Termin beim Bischof, ließ er den Kollegen ausrichten – ein Auftrag, den seine Sekretärin mit einer gewissen Genugtuung erfüllte.

✦

Die Hände waren ihm schon feucht geworden, als er am Nachmittag den großen holzgetäfelten Vorraum des Bischofszimmers in Karlsruhe betrat. Während der Zugfahrt hatte er kaum einen Gedanken daran verschwendet, was der Bischof wohl von ihm wollte – er hatte mehr an Rachel gedacht und ob es mit ihr wohl eine gemeinsame Zukunft geben würde. Zu einem klaren »Ja« war er nicht gekommen, dennoch war ihm seltsam leicht, vielleicht weil ihm klar war, er würde das nicht allein entscheiden können. Solange er Rachel kannte, hatte er sich nie verbiegen müssen, auch sie konnte er nehmen, wie sie war. Wie auch immer die Sache mit ihr ausging, er würde immer das Gefühl haben, es musste so kommen. Selbst dann, wenn sie sich trennen würden. Und das würde wehtun, das wusste er.

Aber er wusste auch, dass sie ein zu eigenständiges Leben führte, als dass sie es leicht aufgeben würde, um als Pfarrfrau bei ihm einzuziehen. Vielleicht sollte er die Gemeinde verlassen und als Religionslehrer oder Krankenhausseelsorger arbeiten? Das könnte ihr die Entscheidung leichter machen. Jakob verwarf diesen Gedanken so rasch, wie er gekommen war. Er war mit Leib und Seele Gemeindepfarrer, die Arbeit gefiel ihm, die Menschen, mit denen er sie teilte, waren ihm ans Herz gewachsen. Das alles aufgeben?

Er sah sich im Zimmer um. Ein alter Schrank mit herrlichen Intarsien ihm gegenüber. Nussbaumwurzelholz, konstatierte Jakob. Die hellen Intarsien wahrscheinlich Zitronenholz. An den Wänden Bilder der badischen Bischöfe, harte, asketische Züge neben gemütlich dreinblickenden »Rundbacken«, sie alle sahen ihn an.

Wen sie hier wohl schon bewacht hatten in diesem Zimmer, welche Schritte der dicke Perser wohl schon geschluckt hatte? Die aufgeregt-nervösen von Menschen, die zu einem »brüderlichen Gespräch« geladen waren, eine neutrale Umschreibung für unangenehme Entscheidungen. Abgelehnte Bewerbungen, Disziplinarfälle, Ehescheidungen. Sicher aber auch die schwungvollen Schritte der Menschen, die ihre Ernennungen erwarteten – zu Kirchenräten, zu Sonderpfarrern, zu Prälaten. Aus der Mitte der Wand rechts neben ihm grüßte Johann Peter Hebel freundlich herüber, der erste Prälat der Badischen Kirche, eher Literat als Kirchenführer, im Amt weniger humorvoll als in seinen Novellen.

Amüsiert erinnerte sich Jakob daran, dass der gute Hebel zwar ein glänzendes theologisches Examen abgelegt hatte, aber sich mit den hohen Herren des Konsistoriums in die Haare bekommen haben musste. Vielleicht hatte er sie auch nur geneckt oder herausgefordert. Was wirklich hinter den verschlossenen Türen der Prüfungskommission geschehen war, darüber schweigen die Akten. Hebel bekam jedenfalls lange keine Anstellung und hat die Akten, als er Jahrzehnte später Prälat geworden war, aus dem Archiv entfernen lassen. Nicht aus Eitelkeit, sondern weil er sich schämte. Die Prälatenwürde hatte ihn immer gedrückt, denn sein Jugendtraum war ein anderer. Den hatte er in einer Antrittspredigt festgehalten, die er schon im vorhinein geschrieben hatte in der Hoffnung, er werde sie am Sonntagmorgen in einer Dorfgemeinde im badischen Oberland von der Kanzel sprechen dürfen. Wozu er nie die Gelegenheit bekam. Im Nachlass fanden seine Freunde das Manuskript. *»An einem stillen, friedlichen Landort, unter redlichen, treuen Menschen als Pfarrer zu leben und zu sterben, das war alles, was ich mir wünschte.«* Ein schier biedermeierlicher Traum, der sich nicht erfüllte. Er wurde eben Kirchenführer.

»Bruder Erdmann, schön, dass Sie da sind.« Der Bischof kam auf ihn zu, streckte schon die Hand aus, noch ehe er auf drei Schritte an Jakob herangekommen war. »Kommen Sie doch herein.«

Das Gespräch dauerte nicht lange. Zwanzig Minuten später stand Jakob wieder draußen vor dem Hebelbild. Der Bischof hatte ihn beeindruckt, freundlich, persönlich im Ton, hatte er Jakob gedankt, dass er tatkräftig mitgeholfen hatte, die Geschäfte Mahlers aufzudecken. Und dann hatte er ihn gefragt, ob er sich vorstellen könne, Nachfolger von Würthing zu werden.

»Natürlich kann ich das nicht entscheiden«, hatte der Bischof eingeschränkt, »schließlich gibt es da ein ordentliches Wahlverfahren. Aber könnten Sie sich eine Kandidatur vorstellen?«

Jakob konnte nicht und sagte das offen. Der Bischof schien nicht überrascht. Er habe sich schon so etwas gedacht, sagte er lachend. Jakob fühlte sich verstanden.

Rachel

Am Abend hatte er sich mit Rachel zum Essen verabredet. Sie hatte sich gewünscht, mit ihm wieder nach Schönau zu fahren – sie habe an ihren ersten Ausflug dorthin so gute Erinnerungen. »Ich hole dich ab«, hatte sie seine Frage abgeschnitten, wie sie denn nach Schönau kommen würden.

»Gebraucht«, lachte sie, als sie an der Tür mit einem Autoschlüssel winkte. »Ein Alfa. Meine Freundin hat mein Auto in Rom gut verkaufen können. Bitte!« Sie drehte sich um und ging, nein, sie stolzierte vor ihm her und schwang die Hüften dabei, als bewege sie sich auf einem Laufsteg.

Später, bei einem guten Marc und einer Tasse Espresso, hatte Jakob genügend Mut gesammelt, sie zu fragen, ob sie nicht zusammenbleiben wollten.

»Zusammenbleiben? Was meinst du damit? Soll ich etwa bei dir einziehen?«

Jakob wurde rot. »Nein, nein«, stammelte er, »das habe ich nicht gemeint.«

»Was dann?«

Augenblicklich schrumpfte sein Mut unter der Schärfe ihrer Frage zusammen. »Ich habe nur gedacht ...«, begann er, aber dann fiel ihm nicht mehr ein, was er eigentlich gedacht hatte. Oder sagen wollte. Oder meinte. Der Marc brannte in seiner Kehle.

Plötzlich beugte sie sich über den Tisch und strich mit einem Finger über seine Stirn. »Mein Jakob ist verwirrt«, und: »Ich glaube, ich habe eine Wohnung gefunden.«

»Schön«, sagte er, aber es klang, als fände er es gar nicht schön. »Wir müssen ja nicht gleich heiraten«, schob er ihr über den Tisch zu.

»Schade.«

Diese Antwort hatte er nicht erwartet. »Willst du denn?«

»Nein«, sagte Rachel ernst, und dann, leicht verlegen: »Aber es wäre schön gewesen, wenn du mich gefragt hättest.«

Gott sei Dank kam in diesem Moment ein Rosenverkäufer an den Tisch, Jakob konnte seine Verlegenheit überwinden, kaufte alle Rosen auf einmal und sagte: »Jetzt nehmen wir noch einen guten Schluck. Einverstanden?«

Sie war es. Und als er das Glas hob und sie ansah, kicherte sie über den Rand: »Hab' ich dir übrigens schon gesagt, dass ich katholisch bin?«

Da begann er zu lachen, lachte so laut, dass die anderen Besucher zu ihnen herübersahen – und sie stimmte ein.